Déjà parus :

1. *Juliette à New York*
2. *Juliette à Barcelone*
3. *Juliette à La Havane*
4. *Juliette à Amsterdam*
5. *Juliette à Paris*
6. *Juliette à Québec*
7. *Juliette à Rome*
8. *Juliette à San Francisco*
9. *Juliette à Londres*

Juliette autour du monde :

1. *Amsterdam - Paris*
2. *Barcelone - La Havane*

www.kennesditions.com

Dépôt légal : mars 2018 | D/2018/13.105/16
ISBN 978-2-8758-0523-2 | NUART 85-4777-3

Copyright © 2014, Éditions Hurtubise inc.
Copyright © 2018, Kennes, pour la présente édition
Publié avec les autorisations des Éditions Hurtubise inc.,
Montréal, Québec, Canada
Tous droits réservés

Illustration de la couverture : Annabelle Métayer
Illustrations intérieures : Annabelle Métayer
Graphisme : René St-Amand
Mise en pages : Martel en-tête

Imprimé en Italie sur les presses de Grafica Veneta

ROSE-LINE BRASSET

# Juliette à New York

Kennes

# Avant-propos

Bienvenue dans l'univers coloré de Juliette Bérubé, une adolescente québécoise qui suit sa mère journaliste autour du monde. À travers le journal de voyage de la jeune fille, vous aurez l'occasion de vous familiariser avec les expressions typiquement québécoises utilisées par les jeunes de chez nous. Afin de vous aider à vous y retrouver, les termes suivis du symbole [L] sont expliqués dans un lexique situé à la fin du livre. Si ces mots et expressions vous font sourire, profitez-en pour les mémoriser en vue d'un séjour au Québec. On vous attend avec impatience !

Bises
Rose-Line

**Rose-Line Brasset** est journaliste, documentaliste et auteure depuis 1999. Elle détient une maîtrise en études littéraires et a rédigé plusieurs centaines d'articles dans les meilleurs journaux et magazines canadiens sur des sujets aussi divers que les voyages, la cuisine, la famille, les faits de société, l'histoire, la santé et l'alimentation. Globe-trotteuse depuis l'adolescence, elle est aussi l'auteure de *Voyagez cool!*, publié chez Béliveau, et de deux ouvrages parus aux Publications du Québec dans la collection « Aux limites de la mémoire ». Mère de deux enfants, elle partage son temps entre la vie de famille, l'écriture, les voyages, les promenades en forêt avec son labrador, la cuisine et le yoga.

*À Juliette, Gina et Caroline,
avec toute ma tendresse.*

# Mercredi 1ᵉʳ avril

**6 H 45**

— Julieeettte ! Lève-toi !
— HUMMM !
— JU-LI-ET-TE ! LÈVE-TOI !
— Ouais ! Ouais ! J'ai entendu !
— Julieeettte ! Lève-toi et viens prendre ton petit déjeuner !
— Aaahhh !
— Julieeettte !
— Attends ! Je me lève, làààà !

Non, mais, du calme !

Je m'appelle Juliette, j'ai treize ans et je déteste mon prénom. Mes amis m'appellent d'ailleurs Jules et non pas Juliette, qui sonne comme « clarinette », « sonnette » ou « trompette », tiens ! En particulier quand ma mère le hurle à tue-tête à 6 h 45, le matin.

Je presse mon oreiller sur ma tête en maugréant. Pitiééé! Ce n'est pas humain de se lever si tôt! Encore deux petites minutes...

—Julieeettte!

ARRRHHH! Je hurle à mon tour:

—OK, je ne suis pas sourde! Je viens de dire que je me lève, là.

La porte de ma chambre s'ouvre brusquement et ma mère apparaît dans l'embrasure.

—Il faut que je te parle, Juliette, lève-toi!

—Je n'ai pas le temps, là, maman. Ça ne peut pas attendre ce soir?

—Non, justement, j'ai préparé cette lettre que tu dois remettre au secrétariat de ton école.

Elle me tend une feuille de papier pliée en trois.

—Qu'est-ce que c'est?

Je n'ai pas tout à fait les yeux ouverts et j'ai surtout l'esprit encore embrumé. Je sors péniblement une jambe de sous les draps, puis une deuxième, avant de m'asseoir au bord du lit et d'étirer le bras en direction du papier que me tend maman.

—C'est le billet que tu dois remettre au secrétariat de l'école pour justifier ton absence la semaine prochaine. Nous partons à New York ce soir!

—Quoi?

Je n'ai certainement pas bien entendu, là!

—J'ai décroché un contrat pour écrire un article sur New York. Je n'en ai eu confirmation que tard hier soir, alors que tu dormais déjà. Nous prenons l'avion en fin de journée.

—Attends!

Dans un ultime effort pour m'éclaircir les idées, j'écarquille les yeux, puis ouvre et referme la bouche tout en m'efforçant de lire la note signée de la main de ma mère et adressée à monsieur Gilbert, le directeur adjoint de mon école.

—Je passerai te prendre à l'école à 15 h 10 précises. Notre avion décolle à 18 h. N'oublie surtout pas de remettre ce billet au secrétariat en arrivant à l'école.

—Tu veux rire? C'est une *joke*[L]?

Je pose le billet sur le lit.

—Ça me donnerait dix minutes pour faire ma valise!

Je jette un œil vers mon iPad, posé par terre à côté du lit, qui vient de se mettre à sonner pour me réveiller, puis tout s'éclaire. Nous sommes le mercredi 1$^{er}$ avril, indique l'écran de l'appareil. Ma mère est en train de me faire une gigantesque blague. Bon, bon. C'est un peu gros comme histoire, quand même! Il en faut un peu plus pour m'hameçonner[L]. Je saute sur mes pieds et titube en direction de la porte afin de gagner la salle de bain au radar.

—Essaye pas, m'man. T'as bien failli m'avoir, mais je sais qu'on est le 1$^{er}$ avril.

—Quoi !

Elle saisit la lettre et me suit jusqu'à la porte de la salle de bain avec l'air tellement éberlué que je doute de moi pendant un quart de seconde, mais je me reprends.

—Si tu avais prévu partir à New York ce soir, tu m'en aurais parlé jour et nuit ces vingt et un derniers jours, alors essaye pas de m'attraper avec ton poisson d'avril. Je ne suis pas si naïve.

—Mais qu'est-ce que tu racontes ? Il ne s'agit pas d'un poisson d'avril, mais d'un contrat. Pour gagner de l'argent. Tu sais, ces bouts de papier qu'on échange à l'épicerie contre de la nourriture.

—C'est correct, m'man !

—Juliette, tu nous fais perdre du temps.

Elle dépose sa lettre sur le comptoir de la salle de bain puis tourne les talons pour regagner ma chambre. Je l'entends ouvrir mon placard. Non, mais, qu'est-ce qu'elle fait ? Je me précipite pour voir de près. Après avoir sorti ma valise à roulettes de sa cachette, elle commence à y jeter des trucs.

—Mais qu'est-ce que tu fais là, m'man ? C'est OK, décroche !

— Comme tu peux le voir, je fais ta valise. Puisque tu ne me prends pas au sérieux, je dois m'en occuper.

Merdouille ! Elle y va fort avec sa blague, quand même. Je ne lui connaissais pas ce type d'humour, à ma mère.

— Hé, dis donc ! Tu ne veux quand même pas dire qu'on part réellement à New York, là ?

— Notre avion décolle à 18 h. C'est ce que je me tue à te répéter depuis quinze minutes. Je ne t'en ai pas parlé avant parce que je ne voulais pas te faire de fausse joie au cas où ça n'aurait pas marché.

Deux pensées s'insinuent finalement jusqu'à mon esprit. Un : je n'ai rien à me mettre pour un voyage de ce genre. C'est la cata ! Deux : je vais manquer des jours d'école. C'est extra !

— Ça veut dire que je vais manquer l'école ?

— Deux jours la semaine prochaine, malheureusement. Je suis désolée, mais je n'ai pas le choix. Une chance que le congé de Pâques débute ce soir. N'oublie surtout pas de déposer mon billet pour monsieur Gilbert au secrétariat.

Un sourire éclaire mon visage. Je suis tout à fait réveillée maintenant. Deux jours, c'est acceptable. Je devrais pouvoir les rattraper. Ça veut dire qu'on va passer une semaine à New York ? Mais c'est absolument FAN-TAS-TI-QUE ! À moins que…

— Tu parles vraiment de New York, la ville, là, pas d'une obscure petite banlieue au nom imprononçable qui serait située dans l'État de New York ?

— Oui, ma puce ! Je te parle de New York City, la plus grande ville des États-Unis, avec ses cinq arrondissements, Manhattan, Brooklyn, Queens, le Bronx et Staten Island, et ses huit millions d'habitants. Rassemble tes affaires de toilette dans la salle de bain, veux-tu ?

— *OMG*[L] *! OMG !* C'est trop COOL !

Je viens tout près de manifester ouvertement mon enthousiasme en lui sautant au cou lorsque je réalise abruptement qu'il reste exactement quarante-cinq minutes avant le passage de l'autobus scolaire et que je dois encore me débarbouiller, m'habiller, faire ma valise, attraper mon lunch et courir après le bus. Sans reprendre ma respiration, je passe en deuxième vitesse. Il y a urgence ! Je me précipite sur le panier à linge sale pour en sortir mon *jegging*[L] gris, mon cardigan blanc, mon soutien-gorge en dentelle rose et la petite robe rouge que ma mère m'a offerte à Noël. Ils sont dans un état lamentable. J'approche mon nez et renifle avec précaution. Pouah ! Ils puent un peu ! C'est VRAIMENT la cata ! Ça y est, je vais me retrouver sur la

5ᵉ Avenue, à New York, habillée en guenilles. TOUTE la ville va se moquer de moi! Ma vie est un enfer!

Mais reprenons depuis le début. Je m'appelle Jules Bérubé et je vis avec ma mère, Marianne Bérubé, que j'adore. Enfin, la plupart du temps... Elle peut être vraiment *hot*[L], quand elle veut. Le problème n'est pas là. Ce qu'il y a, pour être franche, c'est qu'elle a tendance à se penser encore dans les années 1980 ou 1990 et qu'elle a une propension, disons, récurrente à nous plonger dans de drôles de situations. Juste pour vous donner une idée, elle a abandonné un lucratif emploi d'infirmière pour réaliser son rêve de devenir chroniqueuse de voyage. Ça veut dire qu'elle écrit des articles et des bouquins sur plein de pays. « Malade! », me répète tout un chacun. Ouais! Ça a l'air cool comme ça, mais ça ne l'est pas toujours, croyez-moi. Le fait est que ses articles et ses livres traitent la plupart du temps de sujets aussi obscurs et ennuyeux que la peinture catalane du XVIIᵉ siècle, la commémoration du débarquement du Royal 22ᵉ Régiment aux abords de la rivière IJssel (en Hollande), à la fin de la Seconde Guerre mondiale, ou l'influence des chanteuses québécoises sur les artistes de la relève en France. Peuh! Pas du tout aussi glamour que ça en avait l'air quand elle m'a annoncé la chose le jour de son quarantième anniversaire. Le hic, c'est surtout que son salaire a diminué de moitié depuis qu'elle a eu cette « brillante » idée. Nous avons donc dû changer de quartier et troquer notre minifourgonnette contre une Yaris usagée, sans compter que nous n'avons plus autant d'argent qu'avant pour magasiner[L]…

Qu'à cela ne tienne ! Maman semble plus heureuse et elle rit plus souvent, alors je me dis qu'il y a pire que de partir en voyage avec sa mère lors de chaque congé scolaire… Quant à mon père, je ne le connais pas, alors Dieu seul sait ce que serait ma vie s'il était là !

De retour dans ma chambre, je m'affaire à ouvrir tous mes tiroirs.

— Laisse, je vais m'occuper de ta valise.

— Mais maman, tu vas oublier ce qui est important, je n'aurai rien à me mettre et j'aurai l'air d'une vraie pauvresse !

— Pas du tout, voyons, ma p'tite Cendrillon ! Je vais simplement y mettre tous tes vêtements préférés. Je te connais un peu quand même.

— Dis, tu voudrais bien laver mes trucs qui sont au linge sale ?

Elle me regarde avec un air moqueur.

—Ça inclut ce qui traîne sur le plancher de ta chambre, sous ton lit, sur la commode et sur ta chaise, je suppose?

Grrr! Je déteste quand elle s'amuse à mes dépens.

—Ah! Laisse faire, d'abord!

—Mais bien sûr que je vais laver tes trucs avant notre départ, ma pitchounette. Ne t'en fais donc pas!

Elle me prend par les épaules et m'embrasse en souriant. Je me dégage en douceur. Elle sait être fine comme pas une quand il le faut, ma mère, mais je me demande quand elle cessera enfin de me bécoter à tout bout de champ et de me donner des petits noms qui se terminent en «ette».

J'ai à peine le temps de m'habiller et de me plaquer les cheveux que c'est déjà l'heure de courir prendre mon bus. Dans l'entrée, maman me tend un sac contenant mon lunch. Alors que j'entame un dernier sprint en direction de l'arrêt de bus, j'entends sa voix derrière moi.

—As-tu la lettre?

—Oui, m'man!

—N'oublie surtout pas, je serai dans un taxi devant la porte de l'école à 15 h 10 précises!

—Non, m'man!

—Quoi?

—Je veux dire oui, m'man! J'y serai!

## 7 H 45

Je cours comme une malade pour attraper le bus. Ce n'est qu'une fois à bord que je prends réellement conscience de la situation. Dernier jour d'école et à moi la Grosse Pomme! The Big Apple! Yahooo! L'automne dernier, notre prof d'anglais nous a expliqué que c'était le surnom communément donné à la ville de New York depuis les années 1970. Je me demande bien pourquoi... Une chose est certaine, la ville est truffée de magasins! À coup sûr, je devrais y trouver une foule de nouvelles tenues absolument délirantes! Avoir su, je n'aurais pas refusé d'aller garder les trois petits monstres de madame Gagné le week-end dernier pour aller dormir chez Gina, ma meilleure amie, qui donnait un party[L] pyjama. Je suis malheureusement fauchée comme les blés. Pas grave, maman sera là...

Gina est déjà dans le bus. Je me laisse tomber à côté d'elle.

— Salut!

— Salut!

— Devine quoi!

— Euh! Ta mère t'emmène passer Pâques à New York?

Elle sourit. J'ai le souffle coupé.

—Comment tu l'as su?

Son sourire disparaît.

—Tu me niaises[L], là? Ce n'est pas vrai? Je blaguais, bien sûr! Tu ne vas pas encore partir toute la durée des vacances? Pourquoi tu ne m'en as pas parlé avant?

—Maman vient de me l'apprendre.

Je ne cherche surtout pas à la contrarier ou à susciter sa jalousie. Mon amie Gina, c'est la sœur que je n'ai pas eue! Elle est enfant unique, elle aussi, et nous sommes jumelles de cœur. Elle et moi, c'est pour la vie! Le hic, c'est que chaque fois que je suis en congé, ma mère me trimbale en avion d'un fuseau horaire à l'autre pour visiter des pays dont je n'ai souvent même pas entendu parler dans mon cours de géo. Pas facile de cultiver ses amitiés dans ces conditions. Je vous entends déjà d'ici: «Manquer l'école pour voyager, ça doit être vraiment cool! Chanceuse!» Eh bien, détrompez-vous. Pas tant que ça, justement!

Au début, ça me semblait pas mal, mais la réalité est tout autre. Dans l'échelle de «coolitude», ne jamais passer les fêtes, Pâques ou les vacances d'été avec ses copains remporte un score plutôt bas. Chaque fois que j'ai deux jours de congé ou plus accolés à un week-end, ma mère m'embarque pour d'autres cieux. Ça veut dire: exit les partys entre copains lors des longs week-ends de congé, les soirs d'été au parc à *skate*, la soirée du Nouvel An avec ma copine Gina ou le feu de la Saint-Jean-Baptiste organisé dans mon quartier. Au moindre congé, c'est plutôt « bonjour les valises » et « voici venir les visites de sites touristiques aussi vieux que le monde » avec, en prime, ma mère qui larmoie, émue, chaque fois qu'elle se trouve devant un monument qui a trois fois son âge ! Et je ne vous parle pas des tonnes de travaux de rattrapage scolaire que je dois trop souvent me taper en revenant à la maison. Un cauchemar, je vous dis ! Enfin, mettons que cette fois sera peut-être une exception. New York ! Wow ! Je dois me pincer pour y croire. J'espère qu'on va monter dans la statue de la Liberté !

La voix de Gina me ramène brusquement à la réalité.

— C'est quand même plate [L]. Je vais encore une fois me retrouver toute seule pendant les vacances.

— Oh ! Gina, je suis désolée.

— Heureusement que Gino reste ici, cette fois. En tout cas, ça va en boucher un coin aux sœurs Lirette.

— Hein ? Quoi ?

Je ressens un minipincement au cœur à la pensée de Gino et Gina s'amusant sans moi. Mais je me ressaisis rapidement. C'est vrai, quoi. Qu'est-ce qui me prend ? Il ne m'appartient pas, Gino, même si quelquefois je rêve que…

— Ça va enrager Marie-Lune et Marie-Soleil de savoir que tu pars à New York avant elles. C'est toujours ça de pris.

Elle éclate de rire et je ne me fais pas prier pour en faire autant. Le malaise est chassé ! Les sœurs Lirette sont deux bécasses de quatrième secondaire (l'une a redoublé pour être dans les mêmes cours que l'autre) qui organisent un voyage scolaire de trois jours à New York avec le prof d'anglais à la fin de l'année scolaire. Gina et moi ne les aimons pas beaucoup, d'abord parce qu'elles nous regardent de haut pour la simple raison que nous ne sommes qu'en deuxième secondaire… et aussi parce qu'elles sortent avec Bill et Bull, deux « toffes [L] » qui fument en cachette dans la cour d'école. Elles nous rendent bien cette antipathie naturelle, surtout depuis que, ô insulte suprême, nous avons décliné leur « invitation » à acheter les tablettes de chocolat qu'elles s'évertuent à vendre pour financer leur périple. Depuis lors, c'est la guerre ouverte.

— Qu'est-ce que vous allez faire là-bas exactement ?

— Oh ! Comme d'habitude. Tu sais comment est ma mère. Elle va me traîner d'un musée à l'autre et j'aurai à peine le temps de souffler. Ce sera probablement poche[L], finalement.

—Tu te moques de moi ? Poche, passer ses vacances de Pâques dans la ville qui ne dort jamais ? Il paraît que Gwyneth Paltrow, Drew Barrymore et Sarah Jessica Parker y habitent.

—Peuh ! C'est toutes des vieilles !

—Peut-être, mais il y a aussi des tas de chanteurs de hip-hop à New York. Jay-Z par exemple. Si tout d'un coup, tu tombes sur Beyoncé et lui dans un grand magasin en train d'acheter des vêtements pour leur bébé ?

—Tu crois que ça risque d'arriver ?

—Bien sûr. Pourquoi pas ? Tu vas à New York, cocotte ! Et il faut AB-SO-LU-MENT que tu trouves le moyen d'aller dans Chinatown. Il paraît qu'on peut y acheter pour trois fois rien de véritables faux sacs à main Chanel ou Hugo Boss et un tas d'autres trucs absolument délirants.

—C'est vrai ?

—Je te le dis. Ma mère y est allée avec mon père, il y a deux ans, et elle a rapporté plein de trucs pas chers.

—J'en prends bonne note.

—Tu me rapporteras un petit souvenir, dis ?

—Promis.

Une fois descendues du bus, Gina et moi passons la journée à jacasser d'une salle de classe à l'autre, en parlant des vedettes de hip-hop que je risque de croiser. Je commence à être vraiment excitée ! Et si j'allais réellement tomber face à face avec une véritable célébrité au coin d'une rue ou dans Central Park ? Je me demande où habitent les cinq garçons de One Direction ? Et si… Aaah !

Je n'en peux plus d'attendre. Quelle heure est-il donc ? C'est vraiment trop long avant qu'il soit enfin 15 h 10 !

## 15 H 10

La cloche vient de sonner. Je me précipite à mon casier pour reprendre mes affaires avant de me diriger vers la sortie. En chemin, je tombe nez à nez avec le beau Gino. Avant même d'ouvrir la bouche, je sais que je suis rouge comme une tomate. Quelle calamité !

—T'as l'air bien pressée, Jules.

—Ah ! Salut Gino ! Ça va ?

—Ouais, toi ? Il paraît que tu pars à New York ?

—Oui, ma mère m'attend dehors.

—Cool ! On dit qu'il y a des *street dancers* à tous les coins de rue là-bas.

—Des quoi ?

— Ben, des danseurs de rue. Des jeunes qui dansent et qui passent ensuite le chapeau pour se payer à manger. C'est malade !

— Euh ! Ah oui, c'est vrai. J'en ai entendu parler aussi.

— Apportes-tu un appareil photo ?

— Ben, j'ai mon mini iPad.

— Tu mettras des photos sur Instagram ?

— Sûr !

— Allez, amuse-toi bien !

Il se penche et me fait un câlin. Je rougis de plus belle, en admettant que ce soit possible. Ça doit être très chic avec mes taches de rousseur sur le nez ! Misère ! Gino est mon ami depuis mon entrée au secondaire. Ce que j'ai un peu de peine à comprendre, c'est que, dernièrement, je ne peux pas m'empêcher de rougir chaque fois qu'il est dans les parages.

Ça y est, là, j'ai encore fait une folle de moi ! Pourquoi je ne rougis jamais comme ça en présence des autres gars ? Lorsque Thomas, Kevin ou Manu me prennent dans leurs bras, je reste de marbre, même si je les aime bien, eux aussi… C'est quoi cette galère ? Trêve de réflexion ! Je referme brusquement la porte de mon casier, me précipite vers la sortie et ne tarde pas à repérer le taxi dans lequel m'attend ma mère.

—Tu en as mis du temps, Juliette !
—Ben, pas plus que d'habitude.
—Justement. On part à New York aujourd'hui, tu te souviens ?

Je soupire et jette un regard exaspéré vers le ciel.

—Oui, mère.

Elle est toujours nerveuse lorsque nous partons. Là, sa figure vient de passer du blanc au mauve et elle semble sur le point d'exploser. Bon sang, qu'elle est stressée ! J'espère que je ne deviendrai pas comme elle en vieillissant. Je me demande parfois si ce n'est pas parce qu'elle a un peu peur de l'avion. Moi, j'adore la sensation de voler. Ce serait fantastique si seulement je n'avais pas le mal des transports…

## 16 H

À l'aéroport, il y a un monde fou. Il faut faire la queue pour faire peser et embarquer nos bagages. Je ne sais pas ce que maman a mis dans ma valise, mais elle pèse une tonne !

—J'ai manqué de place dans la mienne pour nos chaussures, alors j'ai mis le surplus dans ta valise, avoue-t-elle.

—C'est moi qui dois me faire des muscles dessus, par contre !

— La mienne est tout aussi lourde, ne t'en fais pas.

Évidemment, les chaussures, c'est important. Maman et moi portons la même pointure, alors c'est pratique. Quoique nous n'ayons pas tout à fait les mêmes goûts… Une fois les valises déposées sur le tapis roulant, la préposée nous donne nos cartes d'embarquement et nous nous dirigeons vers la zone sécurisée. C'est le moment que je déteste le plus. Là, il faut vider nos poches, enlever nos chaussures et mettre le tout, avec nos bagages à main, dans des bacs en plastique qui sont passés aux rayons X ou je ne sais trop quelle sorte de rayons permettant de voir à travers la toile de nos sacs. Pas trop intéressant de savoir qu'ils ont une vue sur toutes mes petites affaires, de mon journal personnel à l'éléphanteau en peluche dont je ne me sépare jamais, en passant par mes bonbons en gelée en forme de nounours…

Après, nous montrons nos passeports et passons sous une espèce d'arche où des douaniers nous examinent sous toutes les coutures. Hum hum ! De mal en pis ! Ensuite, nous pouvons enfin récupérer nos chaussures et le reste de nos effets personnels et nous diriger vers la porte d'embarquement dont le numéro est indiqué sur nos cartes. Comme nous voyageons souvent, maman et moi avons notre petit rituel. Une fois en zone d'embarquement, nous nous récompensons par un arrêt à la tabagie. Là, ma mère s'achète deux revues et un paquet de chewing-gum, et moi, le dernier *Teen Vogue*, une bouteille d'eau et deux tablettes de chocolat. Miam ! C'est maintenant que les vacances commencent vraiment.

## 17 H

Encore une heure à poireauter. Dans *Teen Vogue*, il y a des photos de Justin Bieber en compagnie de sa prétendue nouvelle petite amie. Je me demande si tout cela est vrai ou si c'est des histoires pour vendre des copies. J'aimerais bien savoir comment il me trouverait si je devais le rencontrer au coin d'une rue de Manhattan… Mais je me demande surtout si Gina n'aurait pas un petit faible pour notre ami Gino… Naaan ! Ça ne se peut pas ! Elle m'en aurait parlé, quand même. De toute façon, comme elle est ma meilleure amie, elle n'oserait jamais même penser au garçon pour lequel j'éprouve un petit quelque chose, même « minusculissime ». Ça, c'est sûr et certain ! Il faut dire qu'elle n'ignore rien de moi et qu'elle sait que… enfin… que je ne le déteste pas du tout, Gino ! Non pas qu'il m'appartienne, mais, depuis le début de cette année scolaire, il est assis à côté de moi en géo. Il a de beaux cheveux noirs longs jusqu'aux épaules et de super jolies mains. Ses épaules sont pas mal aussi et il est plus grand que moi. Du haut de mon mètre soixante-douze, ils sont rares, les gars de deuxième secondaire qui sont plus grands que moi ! Et puis, quand il sourit, on dirait que la pièce s'illumine. Il est *full cute* [L] et je crois bien qu'il me fait les yeux doux. Bon, je pense surtout que je divague, là ! Qu'est-ce qu'ils disent d'autre sur Justin Bieber dans *Teen Vogue* ?

## 18 H

L'embarquement s'est bien passé. Il y avait peu de monde. Ça explique pourquoi l'avion est si petit. Ce n'est pas trop rassurant d'être à bord d'un truc pas plus gros qu'un autobus scolaire, mais qui a l'ambition de voler dans les airs. Maintenant que j'y pense, je ne suis pas certaine d'être rassurée. Aaaah ! Nooon ! Je crois que j'ai oublié de prendre le comprimé antinausée que ma mère m'a donné lorsqu'elle m'a acheté une bouteille d'eau ! Pas moyen de vérifier, mon sac à dos est dans le compartiment au-dessus de mon siège.

— Mamaaan ?
— Oui, ma pucette ?

—Je pense que j'ai oublié mon comprimé antinausée.

—Mais non, pitchounette. Je t'ai vue le prendre.

—Peut-être, mais j'ai quand même un petit peu mal au cœur. Du moins, je crois...

—Allons donc! C'est le décollage qui te rend nerveuse?

—Je ne sais pas...

—Mais qu'est-ce qui t'arrive, ma poussinette? Tu es toute rouge! Allons, viens là.

Elle passe son bras autour de moi et je laisse ma tête glisser un moment sur son épaule. C'est bon de savoir que je peux compter sur elle.

—Dis, mamaaan?

—Quoi? Dis-moi.

—Tu crois qu'on pourra aller chez Abercrombie & Fitch en arrivant à New York? J'ai regardé sur Internet et il y en a un à Times Square.

Elle retire son bras et me repousse soudainement.

—Ah non! Tu ne vas pas commencer! On ne va tout de même pas à New York pour magasiner. J'y vais pour TRAVAILLER, Juliette.

—OK, OK! Oublie ça. Pas besoin de t'énerver!

Qu'est-ce que je vous disais? Ma vie est un enfer! Qu'est-ce qu'elle m'agace quand elle prend les nerfs[L] pour rien, ma mère! J'espère seulement que son agenda de visites touristiques me permettra de souffler un peu. En tout cas, il semble que mon mal de cœur est passé. C'est toujours ça de pris.

## 20 H 30

Nous venons d'atterrir à l'aéroport John F. Kennedy. Pas de décalage horaire entre New York et le Québec. Après avoir récupéré nos bagages, nous passons les douanes comme si de rien n'était. De vraies Américaines ! Puis, nous partons à la recherche de la sortie. Avec cette fichue valise à traîner, ce n'est pas évident. Je sais qu'elle est à roulettes, mais elle pèse tout de même trois tonnes, et j'ai un sac à dos et une « sacoche » à transporter en plus, moi ! Mauzusses[L] de chaussures !

## 21 H 30

L'air est particulièrement tiède lorsque le taxi que nous avons pris pour nous rendre à l'hôtel Carter s'arrête devant le 250, 43e Rue, en plein Times Square. Nous avons à peine le temps de débarquer que deux filles, une blonde spectaculaire et une rousse flamboyante, y montent à leur tour sans attendre que nous ayons récupéré nos bagages. Ou elles sont super pressées, ou les taxis sont tellement rares dans le coin qu'il faut les prendre de force! Le chauffeur ne semble pas s'en formaliser et, après nous avoir rendu nos valises, il attend tranquillement que maman lui ait tendu son pourboire pour remonter en voiture. Les deux jeunes filles, sans doute des New-Yorkaises très sophistiquées, ne semblent pas beaucoup plus âgées que moi. Enfin, elles doivent avoir entre dix-sept et dix-neuf ans, peut-être. Elles ont l'air vraiment cool avec les cheveux jusqu'en bas du dos, des jambes interminables moulées dans des pantalons *skinny* et des bottes délirantes à haut talon compensé. Ça aurait été vraiment génial de visiter New York en compagnie de Gina! Je me demande bien où vont ces filles. Sans doute au restaurant ou au cinéma. J'adore le cinéma!

Le style de l'hôtel est un peu vieillot, mais comme c'est le journal qui emploie maman qui paie, il n'y a pas lieu de se plaindre! Le prix des chambres est plutôt élevé par ici, à ce qu'il paraît. C'est décidé, quand je serai adulte, je serai journaliste ou écrivaine.

— Je suis descendue ici lors de ma première visite à New York, alors que j'étais étudiante, m'annonce maman, un brin émue.

Autant dire que ça remonte aux calendes grecques ! J'espère qu'ils ont rénové depuis. C'est vraiment étrange cette habitude qu'ont les personnes « d'un certain âge » de toujours avoir l'air de regretter le temps passé ! Remarquez que, quand j'aurai l'âge de ma mère, je serai peut-être aussi nostalgique de mon « jeune temps ».

Les formalités d'usage effectuées, nous montons au 21$^e$ étage voir notre chambre et déposer nos affaires.

### 21 H 45

Bon. Manifestement, ils n'ont effectué aucune modification depuis le passage de ma mère en 1888 et des poussières... Les couvre-lits sont, mettons, un peu fatigués et il y a une tache suspecte sur le tapis.

— Mais nous avons une vue hallucinante des écrans de Times Square, et la pièce compte deux lits ainsi qu'un bureau de travail pour déposer l'ordinateur, me fait remarquer maman.

D'emblée, je choisis le lit du fond, près de la fenêtre. Je me jette sur le matelas pour juger de son confort, puis je me relève aussitôt... Bof ! De toute façon, ce n'est pas le temps de se relaxer. J'ai un trou énorme dans l'estomac et il me tarde de visiter la ville.

—Je suis morte de faim, dit maman, l'air satisfait de celle qui vient de retrouver le lieu de ses premières amours. Tu veux sortir manger quelque chose ?

—*Yesss !*

—Prends ta veste. Il ne fera plus aussi chaud lorsque nous rentrerons.

## 22 H

Nous voilà sur Broadway, l'avenue des théâtres et des salles de spectacle surplombées d'écrans géants et de panneaux publicitaires hauts de plusieurs étages. Tout est surdimensionné ici ! Et il y a foule. Les trottoirs sont aussi bondés que si nous étions en plein jour.

—T'as vu, m'man ? La plupart des magasins sont encore ouverts.

—Hum ! Oui. Mais là, on cherche un restaurant pas trop cher, OK ?

—Ben oui, là. Je n'ai pas dit le contraire !

Qu'est-ce qu'elle peut être rabat-joie parfois ! Quand même, je prends note de la présence d'un magasin Hollister et d'un Forever 21.

Depuis un moment, nous entendons de la musique. Au coin de Broadway et de la 42$^e$ Rue, nous distinguons un attroupement.

—Probablement des danseurs de rue, dit maman.

—C'est vrai ? Je veux voir !

Nous approchons jusqu'à pénétrer le cercle des badauds sur le trottoir. Sur le sol, il y a un *ghetto blaster* qui laisse échapper une chanson du groupe The Trammps, *Disco Inferno*. Le rythme est très entraînant et les passants qui se sont arrêtés tapent dans leurs mains. Trois adolescents noirs âgés d'environ treize à dix-neuf ans font des prouesses au son de la musique. Ils marchent sur leurs mains, virevoltent avec des jeux de pieds incroyables ! Ils sont drôlement musclés et leur performance est fantastique. Je ne savais même pas qu'il était possible de se tenir la tête en bas, en appui sur une seule main. Wow ! Je suis épatée.

Et puis soudain, qu'est-ce que je vois arriver ? Un bout de chou, un petit garçon âgé de cinq ans à peu près. Sans doute le petit frère des trois autres, du moins je l'espère ! Mais qu'est-ce qu'il fait dehors à cette heure ? Ne doit-il pas aller à l'école demain matin ? Il est chaussé d'espadrilles noires et habillé d'un short noir aussi et d'une camisole blanche. Une casquette noire complète l'ensemble. L'air est tiède, mais je suis contente de porter un coton ouaté sous ma veste. Le pauvre petit ne doit pas avoir chaud! Je remarque qu'il est pieds nus dans ses espadrilles. Et puis, voilà qu'il commence à tourbillonner à son tour. Les mains au sol, il lance ses pieds dans les airs en souriant et fait la « coupole *baby* » puis quelques *freezes*. Il est trop *cuuute*! Je voudrais l'adopter sur-le-champ. En attendant, je prends plein de photos pour Gina et Gino.

—Mon Dieu, dit ma mère, je me demande s'il a une maman pour prendre soin de lui.

Je jette un coup d'œil dans sa direction. Comme je le pensais, elle a la larme à l'œil. Si je ne l'emmène pas loin d'ici tout de suite, je ne lui donne pas cinq minutes avant de foncer sur le groupe pour s'informer de la personne qui a la garde du petit et entamer sans attendre des procédures d'adoption.

—Allez, viens maman, je meurs de faim, dis-je en la tirant par la manche.

—Attends une minute.

Elle fouille dans son portefeuille et en sort un billet de cinq dollars.

—Va lui donner ça.

Au fond, je suis contente d'avoir une excuse pour m'approcher de l'enfant. Moi aussi, il me fait craquer. Le voilà justement qui tient sa casquette à l'envers et fait le tour de l'auditoire qui y jette sa petite monnaie et quelques billets. Je décide d'amorcer la conversation. (Jamais je n'aurais imaginé bénir un jour la personne qui a eu l'idée d'introduire les cours d'anglais dans nos écoles!)

— *Hi! What's your name?*
— *Troy.*
— *This is for you, Troy!*

Un sourire éclaire son visage lorsque je dépose les cinq dollars dans sa casquette.

— *Thank you, beautiful,* me répond-il.

Et il m'envoie le plus adorable des clins d'œil. Non, mais, quel charmeur! Je me demande si les autres sont ses frères. Je pointe la tête dans leur direction.

— *Are they your brothers?*
— *Yes. Do you want to meet them?*
— *No! No!*

Pas la peine, vraiment! Voilà que je rougis de nouveau. Alors là, bravo! Manquerait plus que les grands frères viennent admirer mes pommettes. Il est temps que je déguerpisse. Je voudrais quand même bien savoir où se trouve la mère du petit garçon.

— *Where is your mother?*
— *She passed away a long time ago.*

Cette fois, il a parlé en baissant la tête. Sa maman est décédée il y a longtemps ! Pauvre petit cœur... Il ne l'a peut-être même pas réellement connue... Il tourne soudainement les talons et s'en va présenter sa casquette à d'autres passants. Maman et moi quittons les lieux un peu à contre-cœur. Troy et ses frères auront-ils amassé suffisamment d'argent pour prendre un repas décent avant d'aller au lit ? Ont-ils seulement un endroit où aller dormir ?

Cet épisode m'a coupé l'appétit et je suis honteuse à l'idée que nous nous apprêtons à aller au restaurant. Ma mère partage apparemment mon état d'esprit puisqu'elle suggère soudainement :

— Et si on laissait tomber le restaurant pour acheter quelque chose dans l'un de ces kiosques ?

Elle a dit cela en pointant du doigt un stand mobile de restauration rapide proposant des bretzels géants, des hot-dogs, du pop-corn, des boissons gazeuses et de l'eau.

— Bonne idée !

En fait, c'est l'odeur du maïs soufflé au caramel qui ranime mon appétit. Ma mère commande deux hot-dogs, deux bretzels chauds et un sac de pop-corn. Le vendeur a l'air gentil. Il sourit lorsque maman le remercie. Nous garnissons nous-mêmes nos hot-dogs de ketchup et de moutarde. Maman ajoute de la choucroute. Beurk! Ça ne sent pas très bon même si elle affirme que c'est «délicieux». Ouache!

— Tu verras, quand tu auras mon âge, tu adoreras.

— Ben oui, c'est ça.

Elle peut toujours rêver! Non, mais, qu'est-ce qu'ils ont, les vieux, à toujours s'imaginer qu'on leur ressemblera quand on aura leur âge? Je ne veux pas dire que ma mère est réellement «vieille», mais, enfin, elle n'est plus jeune non plus, et ça m'agace comme ce n'est pas possible qu'elle ne semble pas se rendre compte à quel point nous sommes différentes!

— Tu savais que le hot-dog a été inventé ici, à New York? me demande ma mère entre deux bouchées.

— Non.

— La légende raconte qu'au XIX$^e$ siècle, un vendeur de saucisses new-yorkais, dont les clients se plaignaient que celles-ci leur brûlaient les doigts, a un jour eu l'idée de demander à un boulanger de lui fabriquer des petits pains blancs sur lesquels les déposer.

— Ah ouais?

— C'est une explication, mais il y en a d'autres, à ce qu'il paraît. Ce qui est certain, c'est qu'un

boucher d'origine allemande du nom de Charles Feltman a définitivement lancé la mode en ouvrant un premier restaurant de hot-dogs à Brooklyn, en 1871, puis un kiosque à Coney Island, la plage municipale de New York, également située à Brooklyn. Aujourd'hui, on trouve ces vendeurs partout à New York. Ils sont une sorte d'emblème de la ville et leur popularité ne s'est jamais démentie. Il paraît que les meilleurs hot-dogs demeurent ceux qu'on sert à Coney Island.

— C'est où, Brooklyn ?
— C'est un quartier de New York, de l'autre côté du fameux pont de Brooklyn.
— Ah !

C'est fou ce que c'est clair comme indication ! Mais cette histoire de plage n'est pas tombée dans l'oreille d'une sourde. J'espère que maman a pensé à mettre mon maillot de bain dans ma valise !

## 23 H 50

Après avoir encore passé un long moment à flâner sur Broadway, en regardant déambuler les passants ou en admirant les écrans géants, nous rentrons à l'hôtel, épuisées. J'ai hâte de savoir ce que la journée de demain nous réserve !

En attendant, je parle en direct avec Gina sur FaceTime pendant que maman prend sa douche et s'enduit de crème antirides.

— Salut !
— Hé, Jules ! T'es arrivée ?
— Bien sûr !
— C'est comment ?
— C'est fou ! Il y a des immeubles gigantesques partout et des vendeurs de hot-dogs ambulants. Savais-tu, toi, que c'est ici qu'on a inventé les hot-dogs ?

— Sérieux ?
— Ouais ! Et tu sais quoi ? Il paraît qu'il y a une plage aussi, ici.
— Génial ! Êtes-vous allées magasiner ?
— Pas encore, malheureusement. Ma mère n'a rien voulu entendre... Mais j'ai repéré Hollister et Forever 21.
— Trop cool ! T'as vu des beaux gars ?
— Oui, un. Mais il n'est pas de ma taille.
— Rapport ?
— Il doit avoir environ cinq ans. C'est un danseur de rue.
— *LOL*. Tu veux dire qu'il danse réellement dans les rues ?
— Oui, et il passe le chapeau après pour gagner des sous.
— Trop *cuuute* !
— Tu veux voir des photos ?
— Bien sûr !
— Je les mets sur Instagram. Maman sort de la salle de bain, là. On se parle demain, d'accord ?
— D'ac. À demain !

Zut, j'ai arrêté la conversation avant de lui demander si elle avait vu Gino ce soir !

Une fois nos lampes de chevet éteintes, j'ai un peu de peine à m'endormir. Je suis si loin de chez moi ! C'est comme s'il s'était écoulé une éternité depuis que ma mère m'a réveillée ce matin en hurlant « Julieeettte ! ». Des images des différentes péripéties de la journée tournoient dans ma tête. Je me demande quel effet ça me ferait de vivre ici. Je m'endors en imaginant que je forme un trio de danseuses hip-hop avec les deux jeunes filles branchées croisées au sortir du taxi et que je fais concurrence au petit Troy et à ses trois frères aux bras super musclés.

## Jeudi 2 avril

**7 H**

Je suis réveillée par des bruits de klaxon. Je regarde par la fenêtre et vois que la rue est déjà pleine de taxis. Il paraît qu'ils ont coutume ici de klaxonner comme des fous pour se délester du stress occasionné par les bouchons de circulation.

— Ce qu'il y a de bien à New York, c'est qu'on peut faire la plupart de nos visites rien qu'en marchant ou en prenant simplement le métro, m'annonce maman qui se lève en bâillant.

— On fait quoi aujourd'hui ?

— J'ai prévu toute une liste de choses, répond-elle en sortant une feuille de la valise de son ordinateur portable. Tout d'abord, nous allons prendre notre petit déjeuner, puis je t'emmène au Grand Central Terminal, la gare centrale de New York, ensuite nous irons visiter Bryant Park. Je suis attendue à la New York Public Library, juste à côté. Enfin, si nous avons le temps avant l'heure du lunch, nous visiterons le musée Madame Tussaud.

Y a pas à dire, je suis servie! Une gare, un parc, une bibliothèque et, pour couronner le tout, le musée Madame Tu-chose. Et moi qui DÉTESTE les musées. En désespoir de cause, je demande:

— Tu crois qu'on pourra se séparer un moment pour que je puisse aller magasiner? Hier soir, j'ai repéré...

— Pas question! coupe ma mère. Nous ne sommes pas à Chicoutimi[L], mais à New York, la ville la plus peuplée des États-Unis. Il y a huit millions d'habitants, c'est ta première visite et tu ne connais personne, alors tu colles à mes pas, compris?

— Mais...

— Pas de mais! Je ne veux plus rien entendre!

Je m'en doutais! Une semaine à visiter des lieux poussiéreux et des endroits tous plus nuls les uns que les autres! Je vais prendre ma douche en ronchonnant et je mets volontairement plus de temps que d'habitude à laver et à sécher mes cheveux. Ça lui apprendra!

— Dépêche-toi, Juliette! On va être en retard!

—Attends! Je ne vais pas sortir dehors les cheveux mouillés, quand même!

Et v'lan, dans les dents!

# 8 H

En sortant de l'hôtel, j'aperçois un truc bleu et luisant par terre. En m'approchant, je réalise qu'il s'agit d'un portefeuille en faux croco bleu électrique. Je me penche et le ramasse.

—Regarde, maman, ce que j'ai trouvé!

—Oh!

J'ouvre le portefeuille et trouve tout de suite un permis de conduire.

—Il appartient à une certaine Astrid Tschumi née le 16 février 1995 et habitant à Lausanne, en Suisse.

—La pauvre petite! Elle est probablement en voyage à New York et a malencontreusement perdu son bien le plus précieux. Quelle malchance! Heureusement que c'est nous qui l'avons trouvé. Nous allons le garder et nous le lui posterons dès que ce sera possible. Contient-il de l'argent?

Selon son permis de conduire, elle est blonde, a les yeux bleus et mesure un mètre soixante-quinze. La pauvre, en effet! Je donnerais n'importe quoi rien que pour avoir les mêmes caractéristiques physiques. Je compte rapidement son trésor. Wow ! En plus, elle est riche !

— Il y a exactement cinq cent vingt-trois dollars.

— Raison de plus pour le lui retourner le plus rapidement possible.

C'est bizarre, mais le visage de la jeune fille ne me semble pas inconnu. Je ne connais personne en Suisse, pourtant. Hum… Je mets le portefeuille dans mon sac en fronçant les sourcils.

## 8 H 30

Nous sommes attablées au Pershing Square, un restaurant situé tout juste derrière notre hôtel, dans la 42ᵉ Rue. Rien ne semble vouloir altérer la bonne humeur de ma mère, la très chère. Il faut dire que nos petits déjeuners sont absolument fan-tas-ti-ques ! J'ai choisi des gaufres à la farine d'avoine et aux noix servies avec du sirop d'érable, des fraises et de la crème fouettée (*Belgian oatmeal and walnut waffles, with 100 % pure premium warmed maple syrup and fresh strawberries*). Miam ! Mon assiette déborde littéralement et c'est délicieux ! Toujours aussi « granola [L] », ma mère, qui a choisi des œufs pochés sur un lit de lentilles et de quinoa (pouah !) avec des épinards dans une sauce au beurre et à l'estragon (*poached eggs over lentils and quinoa with baby spinach and tarragon béarnaise*), regarde la taille de son assiette avec les yeux ronds. Il faut dire qu'ils n'y vont pas mollo avec les portions, ici !

Sans être vraiment végétarienne, ma maman a des goûts plutôt compliqués en matière de nourriture. Autant que possible, il faut que les grains de ses céréales soient bio, que son assiette déborde de fruits ou de légumes, et que son thé soit vert et non pas noir. Elle ne boit jamais de café et ne me permet pas de toucher aux boissons gazeuses. Elle a hérité ses drôles d'habitudes de ma grand-mère qui est une ex-hippie des années 1970 et qui l'a élevée dans une ferme, sans mari, mais avec trois de ses amies qui avaient aussi des enfants. À ce qu'il paraît, quelques mois avant la naissance de ma mère, ma grand-mère a assisté au Festival de Woodstock, ici, dans l'État de New York. Elle y a entendu Janis Joplin, Carlos Santana et même les Who. C'est dire comme elle est vieille, ma grand-mère !

## 9 H 30

Notre petit déjeuner terminé, nous traversons la rue pour nous rendre à Grand Central Terminal.

En aidant maman à tirer vers nous les colossales portes de l'entrée principale, je me demande encore ce qu'elle peut bien vouloir y faire. Elle me conduit d'abord jusqu'au centre du grand hall. Il y a beaucoup, beaucoup de monde. Comme des fourmis, les gens vont et viennent dans tous les sens. L'endroit est immense et l'architecture des lieux rappelle un peu l'ambiance d'un vieux château avec ses escaliers de pierre et ses mezzanines aux balustrades ouvragées. Je ne peux m'empêcher d'être impressionnée.

— Maintenant, lève les yeux au plafond, dit ma mère.

Je m'exécute et réalise que l'on y a peint le plus beau et le plus étonnant des ciels étoilés. Il est parsemé de constellations. C'est si beau que j'en suis bouche bée.

— Grand Central Terminal est la plus importante gare au monde. Construite en 1913, on y trouve 44 quais donnant sur 37 voies réparties sur deux niveaux.

Faisant le tour de la gare des yeux, j'aperçois aussi une gigantesque horloge à quatre faces au-dessus des panneaux d'information. Magnifique ! L'endroit me semble soudain familier. Puis c'est l'illumination !

— Mais je reconnais cette horloge, dis-je. Je l'ai vue des centaines de fois quand j'étais petite dans le film *Madagascar* que tu m'avais offert sur DVD. Les animaux essayaient de prendre le train, sans succès! Ça se passait donc ici?

Ma mère éclate de rire.

— Tu as raison. Je m'en souviens! Et dans le film *Les Avengers*, avec Iron Man, Captain America, Hulk, Thor et les autres, les superhéros se bagarrent dans la rue devant la gare et dans ce grand hall. Ça te dit quelque chose? En fait, de nombreux films ont été tournés ici. C'est un lieu magique.

— Wow! C'est vrai que c'est beau.

Je suis plus impressionnée que je ne voudrais l'avouer.

— Viens avec moi, ajoute ma mère en m'entraînant devant un restaurant nommé Grand Central Oyster Bar.

Elle s'arrête soudain et dit:

— Maintenant, reste ici. Ne bouge surtout pas, je reviens.

Elle tourne brusquement les talons et s'éloigne, puis s'arrête de nouveau, une vingtaine de mètres plus loin. Mystère. Je crois voir ses lèvres bouger. Ça y est, elle a perdu la tête et se met à parler toute seule! Et puis, j'entends sa voix résonner:

— Julieeettte ! Tu m'entends ?

Ce n'est pas possible ! Elle hurle ou quoi ? Elle va attirer tous les regards sur nous ! Mais comment se fait-il que je l'entende si clairement jusqu'ici ? Il doit y avoir un truc ! Elle revient vers moi en souriant.

— Tu m'as entendue ?

— Bien sûr que je t'ai entendue. Qu'est-ce qui t'a pris de hurler mon nom en pleine gare ?

Elle rigole.

— Je n'ai pas hurlé ton nom, poussinette chérie, je l'ai murmuré.

Est-ce que je rêve ou elle vient de m'appeler « poussinette » devant tout le monde, là ?

— Nous sommes dans la galerie des murmures, poursuit-elle comme si de rien n'était. Les murs de céramique de chaque côté font résonner les voix. Ce petit hall est reconnu pour cela. Les sons y sont tellement amplifiés qu'il vaut mieux se contenter d'y parler tout bas si on ne veut pas que toute la gare entende nos petits secrets.

Voilà, selon moi, une « saprée » bonne raison de déguerpir avant d'attirer l'attention !

— C'est donc ben *chill*[L] ! Alors, on y va, m'man ?

## 10 H

Au sortir de la gare, j'entends de la musique. C'est une de mes chansons préférées de Jay-Z. Est-ce que…? Je m'étire le cou. Eh ben non! C'est plutôt Troy et ses frères, qui sont de nouveau au beau milieu d'une représentation. Évidemment, avec le nombre de personnes qui passent par ici chaque jour, j'imagine que c'est l'endroit idéal pour ramasser un maximum de sous rien qu'en une heure! N'empêche qu'il a l'air de travailler jour et nuit, ce garçon!

— Pas question de s'arrêter, cette fois, déclare maman en me tirant par le bras. Nous avons un horaire chargé aujourd'hui.

— Mais maman…

— On n'a pas le temps, chérie!

Tu parles, Charles, me dis-je tout bas. Nous avons une bibliothèque et un musée à visiter. Yahooo! Je n'ai évidemment pas mon mot à dire. C'est elle, le boss! On m'y reprendra à voyager avec ma mère.

Il est facile de s'orienter à Manhattan. L'île a été dessinée selon un plan quadrillé. Les avenues vont du nord au sud et les rues sont orientées d'est en ouest. Les rues sont numérotées de la 1re jusqu'à la 218e (à l'extrémité nord d'Uptown). Les avenues sont numérotées de la 1$^{re}$ (dans l'East Side) jusqu'à la 12$^e$ (le long de la rivière Hudson). Certaines avenues, intercalées dans le système, portent un nom comme Park Avenue, Lexington, Madison ou encore Broadway. Nous revoilà longeant la 42$^e$ Rue, direction Bryant Park et la New York Public Library.

—Avec plus de 52 millions de documents, la succursale principale de la bibliothèque municipale de New York est la deuxième plus grande bibliothèque publique des États-Unis, juste après la Bibliothèque du Congrès, située à Washington, m'explique maman lorsque nous nous retrouvons devant la façade gardée par deux immenses lions en pierre à l'air menaçant.

—Hum! Vraiment?

C'est fou ce que ça m'intéresse! Il fait délicieusement beau et chaud. Je ne peux pas croire que nous allons nous enfermer dans ce gigantesque hangar à bouquins! Je préférerais grimper sur le dos des lions et regarder les gens passer...

—Attenant à la bibliothèque, Bryant Park est le lieu de détente privilégié des New-Yorkais qui fréquentent ou travaillent dans le Midtown, le centre de Manhattan, poursuit ma guide privée (qui n'a pas l'air de s'apercevoir à quel point elle peut m'ennuyer).

De taille moyenne, le parc est parsemé de magnolias en fleurs, de tables et de chaises bistro. Il y a plusieurs places libres et l'endroit est réellement invitant. C'est joli, je dois l'avouer.

— Le parc offre même un accès Internet Wi-Fi gratuit, complète ma mère en souriant. De quoi te permettre de passer le temps.

— Comment ça ? Qu'est-ce que tu vas faire pendant ce temps-là ?

— Tu as ton iPad avec toi ?

— Oui, dis-je en montrant mon sac à dos.

— On m'attend à la bibliothèque. Entre avec moi pour faire un petit tour, puis reviens m'attendre ici si tu as envie de profiter un peu du parc.

— Oh oui ! Cool !

Nous montons les marches jusqu'à l'entrée monumentale de l'édifice qui est encadrée de plusieurs colonnes de pierre. Encore une fois, je ne peux m'empêcher d'être impressionnée. On dirait plus un temple grec qu'une bibliothèque... Je me demande si monsieur Cayer, mon prof d'histoire, y est déjà venu. Sinon, il apprécierait certainement. L'histoire n'est pas ma matière préférée, mais j'aime bien monsieur Cayer. Surtout quand il nous parle des voyages qu'il fait pendant l'été.

L'intérieur est à l'image de l'extérieur. Il y a plusieurs étages et d'immenses escaliers nous mènent d'un palier à un autre. La salle de lecture principale me fait penser à la salle d'étude de Gryffondor, dans les films de Harry Potter. Mais c'est le rez-de-chaussée qui me plaît le plus parce que c'est là que se trouve la section réservée aux enfants et aux adolescents. Il y a d'énormes coussins colorés sur lesquels s'asseoir, des livres, des CD, des DVD et des jeux à emprunter, et on voit plein d'enfants en compagnie de leur mère, de leur père ou des deux ensemble...

Le tour des espaces publics terminé, maman me quitte à l'entrée des bureaux.

— Tu sauras retrouver la sortie ?

— Bien sûr !

— Tu t'assieds sagement dans le parc et tu ne parles à personne, d'accord ? Si quelqu'un t'importune, je veux que tu reviennes m'attendre ici. C'est entendu ?

— Parfaitement entendu, mon capitaine !

— Je ne plaisante pas, Juliette. Il y a huit...

— Huit millions d'habitants à Manhattan, et c'est sans compter les visiteurs, les kidnappeurs d'enfants et les sadiques venus de l'extérieur. Je sais, maman ! Ne sois pas si mère poule. Je ne vais pas m'évanouir dans la nature pour quarante minutes passées dans un parc à chatter avec mes amis ! J'ai treize ans, pas trois !

J'émets un bref soupir exaspéré.

—Justement. Ce n'est pas le moment d'être imprudente.

Elle fait mine de m'embrasser sur le bout du nez. J'ai juste le temps de m'esquiver.

—Pas en public, m'man !

—Allez, à tout à l'heure.

Ouf ! Enfin seule deux minutes. Merci, mon Dieu ! De retour dans le parc, je choisis une chaise et une table à l'ombre. C'est fou ce qu'on est bien ici. Il doit faire au moins vingt degrés alors qu'il en fait probablement à peine cinq chez nous ! Une merveilleuse odeur de fleur me caresse les narines. Tout près de moi, il y a un massif de jacinthes roses et mauves. J'adore le parfum de ces fleurs printanières. Elles doivent bien avoir au moins un mois d'avance sur leurs cousines québécoises. Je suis drôlement chanceuse de me trouver ici ! Je me demande ce que font Gino et Gina. Je vérifie si Gina est disponible sur FaceTime. Hourra, elle est en ligne !

—Salut ! Ça va ?

—Oui. T'es où, là ? Comment ça se passe aujourd'hui ?

—Ça va. C'est juste un peu plate que je doive suivre ma mère partout. Là, je suis dans un parc à côté de la bibliothèque publique de New York. Maman y avait rendez-vous et je l'attends.

—Toute seule dans le parc ? Tu n'as pas peur ?

—Je n'ai aucune raison d'avoir peur. Vraiment. Les gens font leurs petites affaires et ne s'occupent pas de moi, alors j'observe les alentours. C'est cool ! Il fait super chaud en plus et il y a des fleurs partout. Veux-tu voir ?

Je dirige l'œil du iPad dans la direction opposée à moi pour qu'elle puisse admirer ce que je vois.

—Chanceuse ! Ça a l'air vraiment magnifique ! Il pleut ici, pour faire changement... J'aimerais tellement être avec toi !

—Ouais, ce serait pas mal plus le fun[L] si on était ensemble !

—Il paraît que Gino a de la famille à Boston et qu'il va peut-être leur rendre visite ce week-end !

—Ah ben, dis-moi pas ! Quand est-ce que tu l'as vu ? Boston, ce n'est pas très loin de New York, il me semble !

(Je crois que j'ai rougi, là. Mauzusse de FaceTime ! Gina s'en est-elle aperçue ?)

—Sais pas... Attends, je vais voir sur Google.

—Oui. Va voir !

(Le temps que ma face reprenne sa couleur normale...)

— Il y a exactement 345 kilomètres entre New York et Boston, qui est situé dans l'État du Massachusetts.

— Oh !

— Ce n'est pas grand-chose, 345 kilomètres. À peine trois heures et demie de voiture.

— Mouais, mais je serais étonnée que ma mère pense comme toi ! Au fait, tu l'as vu quand, Gino ? (L'air de ne pas m'y intéresser vraiment...)

— Au parc à *skate* hier soir. Qu'est-ce que vous faites après la bibliothèque ?

— Ma mère m'emmène visiter un musée. L'horreur ! Le musée Madame Quelque-chose, là...

— Le musée de cire Madame Tussaud, peut-être ?

— Quelque chose comme ça, oui.

— Tu te rends compte de la chance que t'as ? C'est une des activités les plus *hot* à faire à New York ! Le musée présente des statues de célébrités grandeur nature tellement réussies que c'est comme si tu étais à côté d'elles en vrai ! Il y a Robert Pattinson, Taylor Lautner, et puis des tas d'autres. Il paraît qu'ils ont l'air tellement vrai que c'est fou !

— T'es sérieuse ? J'étais certaine que c'était un autre musée poche !

— ARRRHHH ! Pas du tout, je t'assure. J'aimerais tellement y aller, moi ! Tu ne connais vraiment pas ta chance. Et puis, il paraît qu'il y a une salle entièrement consacrée aux vedettes de la musique. Lady Gaga y est et Justin Bieber aussi.

— Génial ! Tu crois que les membres de One Direction y sont ?

— Pas la moindre idée. Si c'est le cas, tu prendras des photos pour moi ?

— Promis, juré !

— Merci ! Et si tu vois Channing Tatum aussi ?

— Surtout si je vois Channing Tatum. Tu peux en être certaine ! Voilà ma mère qui revient. Je dois y aller. À bientôt Gina !

— On se reparle ! Amuse-toi !

Vive Internet ! Grâce à Gina, je me sens moins seule ici. C'est tellement chouette, l'amitié !

## 11 H

— Alors, ma chérie, ça s'est bien passé ?

Je hausse les épaules.

— Que voulais-tu qu'il m'arrive ?

— Ne bougonne pas, je veux juste m'assurer que tout va bien. Tu as pu discuter avec tes amis ?

— Ben, ouais. Avec Gina. Dis-moi, comment s'appelle le musée où l'on va maintenant ?

— Le musée de cire Madame Tussaud.

—Cool! Il paraît que c'est super comme musée. Tu n'aurais pas pu me le dire avant?

Elle éclate de rire.

—Sacrée pitchounette, toujours d'humeur tellement agréable! Je suis contente que l'idée te plaise. Allez, viens!

—Ben quoi? Qu'est-ce que j'ai dit?

En chemin, la 42$^e$ Rue est une véritable allée des merveilles. Des boutiques de chaussures et de vêtements, en voulez-vous? En v'là! Je vois bien que même ma mère n'y est pas insensible. J'ai l'impression qu'elle va littéralement faire une syncope devant la vitrine d'un bottier qui propose des bottes de toutes les couleurs dans le style années 1980.

—Allez, viens, m'man. Tu ne vas tout de même pas me faire manquer la visite de ce musée!

—Oui, oui, voilà!

Tout à côté, la devanture du musée est si voyante qu'on ne peut pas manquer de la remarquer. Au rez-de-chaussée, nous sommes accueillies par la statue de Justin Bieber lui-même. Je suis finalement assez excitée!

—T'as vu ça, m'man? Wow!

## 12 H 30

En sortant, je suis affamée. Quel endroit fou! On s'est bien amusées toutes les deux, maman et moi, et on a pris des tonnes de photos. Moi avec Taylor Lautner, Einstein et Justin (ça fait drôle dans cet ordre, non?). Maman avec Brad Pitt, Barack Obama et Charlie Chaplin. J'ai aussi pris un million de clichés pour Gina que je pourrai mettre sur Instagram ce soir! Et, tant qu'à y être, j'ai photographié Alicia Keys et Taylor Swift pour Gino. Pas du tout plate comme musée, finalement! Comme Gina me l'a dit, il est divisé en plusieurs sections. Mais le must de la visite est définitivement la salle nommée Opening Night Party mettant en scène des célébrités américaines en train de faire la fête. On a carrément l'impression de faire partie des invités et de vivre un moment unique. C'est dans cette section que maman a insisté pour prendre des photos de moi en train de discuter avec Johnny Depp. Trop *hot*! Mais toute bonne chose a une fin.

—Tu as faim, ma puce?

—Je dévorerais la statue de la Liberté en entier si elle était en chocolat!

—Pas loin d'ici, je connais un restaurant qui te plaira. Viens!

## 12 H 45

Nous voici attablées chez Junior's Cheesecake, un restaurant familial à l'entrée duquel trône un immense présentoir à gâteaux.

— Le gâteau au fromage est aux New-Yorkais ce que les gaufres sont aux Belges, m'apprend maman. Il paraît que ce restaurant est LE lieu culte en la matière.

En tout cas, un irrésistible parfum de nostalgie flotte dans cet établissement où tout est décoré de rayures rouges et blanches. Après avoir longuement consulté le menu, maman choisit un sandwich au pastrami. Moi, j'ai fait mon choix depuis un moment. Depuis que j'ai réalisé que le restaurant sert des pâtes, en fait, parce que ce que je préfère plus que toute autre chose en matière de repas, ce sont les spaghettis à la sauce bolognaise. J'en mangerais tout le temps, tous les jours. Je ne me tanne[L] jamais et j'en commande chaque fois que nous sortons au restaurant s'il y en a au menu.

Si le sandwich de maman est d'une taille respectable, ce n'est rien à côté de l'assiette que pose devant moi un serveur à l'air distingué. Pour mon plus grand bonheur, la montagne de pâtes arrosée de sauce tomate est surmontée de cinq ÉNORMES boulettes de viande, s'il vous plaît! Yeaaah! En voilà enfin qui savent faire les spaghettis à mon goût! Pour accompagner le tout, maman se paie le luxe d'une bière et choisit pour moi un milk-shake aux fraises et à la banane. Miam! Un délice. Au bout de trente minutes cependant, je me rends compte que je ne viendrai probablement jamais à bout de mon assiette… Le serveur nous offre alors un *doggie bag*, c'est-à-dire un sac (dans ce cas-ci, un plat en styromousse) pour emporter les restes. Moi, j'aurais bien aimé, mais comme nous n'avons ni frigo ni four micro-ondes dans notre chambre, nous devons refuser.

— D'ailleurs, le styromousse n'est pas du tout écologique, dit maman.

Dommage. ☹ Par contre, pas question de sortir de là sans goûter au gâteau! Nous en prenons chacune une pointe. Onctueux et couvert d'énormes fraises, le gâteau au fromage est fameux. La bouche pleine, je commente:

— É wai-en bon c'gâow!

— Quoi?

— Yé on en i-i.

— Je ne comprends rien, Juliette. Avale!

Je fais passer ma bouchée (peut-être un peu grosse, finalement) avec une gorgée de lait et je reprends:

— Il est vraiment bon ce gâteau. Bon en titi[L]!

— Hum! T'as raison. C'est le meilleur que j'aie jamais mangé!

En sortant du restaurant, nous roulons plutôt que nous ne marchons. Maman, qui avait prévu une « joyeuse » visite de la Morgan Library, une bibliothèque abritant des livres rares, a subitement une meilleure idée.

— Sais-tu, je n'ai pas envie tant que ça d'aller feuilleter des ouvrages poussiéreux tout l'après-midi, finalement... J'ai plus besoin de bouger que d'aller m'asseoir dans un coin. Que dirais-tu d'aller magasiner pour faire passer notre repas?

— T'es sérieuse?

— Absolument. Nous sommes juste à côté de Macy's, tu sais, le grand magasin?

— Hip, hip, hip, hourra!

Ce qu'elle peut être cool, ma mère, quand elle veut! Et je ne blague même pas!

## 14 H

De la 42$^e$ Rue, nous descendons Broadway jusqu'à ce que nous apercevions l'immense façade rouge du plus célèbre des grands magasins américains, dans la 34$^e$ Rue. Situé sur Herald Square, pratiquement au pied de l'Empire State Building, l'édifice fait un pâté de maisons entier et arbore à titre d'enseigne une immense étoile blanche sur fond rouge. Wow !

— Avec ses 198 500 mètres carrés de surface répartis sur 10 étages, on dit qu'il s'agit du plus grand magasin du monde, dit ma mère. En tout cas, c'est le plus grand de la chaîne qui en compte autour de 650 un peu partout à travers le pays.

— Et qu'est-ce qu'on y vend, exactement ? Pas juste des trucs pour la maison, j'espère !

— Tu verras bien… Viens !

Elle est excitée comme une puce tout d'un coup ! Il faut dire que Macy's s'apparente tout à fait à la caverne d'Ali Baba. Le rez-de-chaussée est consacré aux parfums, bijoux, produits de beauté, sacs à main et autres accessoires, et les autres étages ne sont pas en reste. L'un d'eux est entièrement dédié aux vêtements pour enfants et ados, un autre aux jouets, un troisième aux appareils électroniques et j'en passe. Maman et moi ne savons plus où donner de la tête. Enfin, surtout maman… lorsqu'elle découvre l'énorme rayon réservé aux chaussures pour femmes. Je ne me souviens pas de l'avoir vue si excitée ! Devant chaque nouvelle paire qui lui plaît, elle pousse un petit son aigu puis une exclamation dans le genre de : « Hey ! T'as vu ça, poussinette ? Oh ! Que penses-tu de celles-ci ? Ayoye ! T'as vu celles-là ? »

J'ai bien peur que notre budget de la semaine entière se trouve englouti dans l'après-midi. Misère ! Elle en essaie plusieurs paires puis, au grand désespoir du vendeur qui lui a apporté les vingt et un modèles qu'elle a demandés et essayés, elle se lève et dit :

— *I'm sorry, I didn't really find what I was looking for...*

Le vendeur est si interloqué qu'il ne réagit pas tout de suite.

— Viens, Juliette, allons visiter l'étage consacré au linge de maison !

— Mais, tu n'achètes rien, finalement ?

— Bien sûr que non, chérie ! Je voulais simplement sentir l'effet que ça fait de posséder autant de paires de chaussures différentes. Maintenant que je les ai essayées, je suis satisfaite. Pas besoin de les acheter !

Ça, c'est ma mère tout craché !

Nous nous replions en vitesse vers les escaliers roulants avant que le pauvre vendeur ne reprenne ses esprits. Juste au-dessus de l'étage des chaussures, et avant l'étage consacré aux fournitures de maison, il y a celui appelé « Junior ». Nous décidons d'y faire un saut « juste pour voir ». Maman le regrette aussitôt ! Ben quoi ? C'est évident que je n'ai rien à me mettre. Il faisait un froid de canard au Québec et nous voilà dans une ville où il fait vingt degrés! Je ne vais tout de même pas continuer à me balader dans mes vêtements de l'automne dernier! Soyons logiques!

— Tu vas me ruiner, Juliette Bérubé!

— Ne me trouves-tu pas *cute* dans cette petite robe rouge à pois blancs, maman?

— Absolument adorable.

— Que choisirais-tu, toi? La robe ou le legging bleu avec la blouse de coton indien?

— Les deux te vont à ravir, mon bébé.

— Et que penses-tu de la jupe en jeans avec les poches en tissage à motifs ethniques et de la petite veste assortie?

— J'en pense que tu vas nous mettre à la rue avec tes extravagances! À moins que le fait d'avoir essayé tous ces vêtements ne suffise à te combler?

— Euh! Essaye pas. Je préférerais les rapporter à la maison en fait...

Quarante-trois minutes de négociation plus tard, nous montons à l'étage consacré au linge de maison, les mains chargées de paquets. Je ne serai pas obligée de subir l'humiliation de sortir ce soir affublée des mêmes haillons qu'hier!

Nous passons finalement assez peu de temps à admirer les courtepointes, les tasses à café, les verres de cristal, les draps de lin et les chandeliers en argent. L'enthousiasme de maman semble en effet s'être un peu essoufflé à l'étage précédent. Qu'à cela ne tienne, nous avons prévu un arrêt à l'Empire State Building avant de rentrer à l'hôtel.

## 16 H

Nous sortons dans la 34ᵉ Rue pour aller rejoindre la 5ᵉ Avenue, et au moment de passer le coin, je le vois de nouveau: Troy! À croire que c'est le destin! Une fois de plus, il est là, juste devant moi. Mais il ne danse pas, cette fois. Il pleure, le pauvre. Mon cœur fond littéralement en voyant son chagrin. Que lui arrive-t-il? Les passants qui se pressent sur le trottoir ne semblent pas le voir. Je m'approche, tends les bras et demande ce qui ne va pas.

— *What's wrong, Troy?*

Il tourne sa belle petite face inondée de larmes vers moi et répond:

— J'ai perdu mon argent.

Je me trompe ou il a parlé français? Sa voix est plaintive, son expression, à briser le cœur.

— Tu parles français, Troy?

— Ma grand-mère me l'a appris.

— Que t'est-il arrivé, mon p'tit bonhomme?

En essuyant ses larmes, je me triture les méninges à la recherche des mots qui pourraient le réconforter lorsque je vois apparaître ses grands frères. Le premier, très grand, semble avoir environ vingt ans. Le second, que je n'avais d'ailleurs pas remarqué la première fois, environ dix-neuf ans et le troisième, autour de... mon âge. Peut-être plutôt quatorze ans vu sa taille. Il me regarde, l'air ébahi.

— Troy! *Come here*! dit le plus âgé en soulevant tendrement son petit frère du sol. Ne pleure pas, tout va bien aller. Allez, ce n'est pas grave.

Il parle français lui aussi et je remarque qu'il a un drôle d'accent. Ni français ni québécois. Dans ses bras, le gamin a l'air encore plus minuscule. Sans m'adresser la parole, les frères tournent les talons et s'éloignent. Seule au milieu du trottoir, j'ai l'air d'une vraie plante verte. En jetant un dernier regard dans la direction du groupe, je vois Troy me faire tout de même un signe d'adieu de sa petite main et je remarque que l'ado qui me fixait tout à l'heure continue de me regarder, l'air toujours aussi ahuri. Jamais vu une fille de treize ans, ou quoi? Tu veux ma photo, banane? À moins que quelque chose n'aille pas avec ma tête? C'est vrai, ça! J'ai peut-être une tache au milieu du front ou une mèche dans les airs? Quoi qu'il en soit, ma coupe de cheveux est *out*[L]! Trop! Plus personne ne porte la séparation sur le côté cette année. Il faut AB-SO-LU-MENT que je trouve un salon de coiffure avant demain.

Maman vient me rejoindre.

— Alors ? Que s'est-il passé exactement ?

— Je ne sais pas trop. Il a perdu de l'argent, apparemment. J'avais à peine eu le temps de m'informer de ce qui était arrivé que ses frères l'ont enlevé sans lui laisser le temps de me répondre vraiment. De vraies brutes ! Surtout celui qui semble avoir à peu près mon âge. T'as vu son air idiot ?

— Moi, j'ai trouvé qu'ils semblaient très bien s'occuper de Troy. Peut-être l'ado t'a-t-il regardée comme cela simplement parce qu'il t'a trouvé jolie. Si c'est le cas, il est loin d'être idiot. Tu es très mignonne tu sais, avec tes longs cheveux châtains et tes yeux noisette.

— Certainement pas ! (Ben voyons ! Elle dit «châtains» et «noisette» juste parce que ça fait moins ordinaire que «bruns» et «bruns», et elle a bien sûr volontairement omis de parler de mes affreuses taches de rousseur sur le nez.) Enfin, j'admets que le mot «brutes» était peut-être un peu exagéré... En tout cas, ils parlent français. Je les ai distinctement entendus s'adresser à Troy en français. C'est bizarre, non ?

— Il s'agit probablement d'Haïtiens. Il paraît qu'ils sont plus de 150 000 à New York.

— Ils parlent français en Haïti ?

— Le français et le créole haïtien, oui.

Pause réflexion. Les idées se bousculent dans ma tête.

— Mamaaan ?

— Oui, ma puce ?

— Tu crois qu'on pourrait trouver un salon de coiffure par ici ? J'ai besoin d'une nouvelle coupe pour aller avec mes nouveaux vêtements.

— Pas question !

— Mais...

— Tais-toi !

— Oui, mais...

Elle lève la main droite dans les airs et ferme les yeux à demi.

— J'ai dit : tais-toi !

Avec une pareille mégère comme mère, on se demande comment il se fait que je sois une ado si équilibrée ! Avec sa main dressée pour me demander de la fermer, on aurait dit la prof de math que Gina et moi avons eue l'année dernière. Je n'aime pas parler en mal des gens, mais c'est depuis cette prof que je déteste les maths !

## 16 H 30

Nous voilà au pied de l'Empire State Building. Il y a foule. Ce gratte-ciel n'est pas le plus haut du monde, m'explique maman, mais il l'a été pendant longtemps, après son inauguration en 1931, et il est redevenu le plus haut édifice de New York après l'effondrement des tours jumelles du World Trade Center, le 11 septembre 2001. Si l'on se fie à la longueur de la file d'attente, il n'a apparemment rien perdu de son prestige. Et puis, comme le ciel est parfaitement bleu, c'est le moment idéal pour y monter !

Au rez-de-chaussée, des panneaux d'interprétation nous apprennent que la hauteur de « l'Empire » est de 381 mètres, et de 443,2 mètres si on compte l'antenne ! On s'arrête devant d'impressionnantes photos montrant les ouvriers perchés sur des poutrelles d'acier pendant la construction de l'édifice. Je voudrais que Gino puisse voir cela ! J'apprends que le building a été construit à une époque où les architectes se livraient une folle compétition pour devenir celui qui bâtirait le plus haut gratte-ciel du monde et que celui de l'Empire s'appelait William Lamb. Il paraît que son contrat stipulait que l'édifice devait être achevé le 1er mai 1931, soit un an et demi seulement après l'esquisse des premiers plans. Wow! Je suis super épatée! C'est le temps qu'il a fallu pour construire notre nouvelle école polyvalente à deux étages... Pour réaliser cette œuvre colossale, on a utilisé 60 000 tonnes d'acier, plus de 10 millions de briques et plus de 200 000 tonnes de pierre. Rien de moins!

Enfin, c'est notre tour de prendre l'ascenseur. En moins d'une minute, nous atteignons le 86$^e$ étage. C'est notre première station. De là-haut, la vue de la ville, à 360 degrés, est vraiment magnifique! Je distingue Central Park, l'immense poumon vert de Manhattan. Maman attire mon attention sur certains gratte-ciel célèbres, comme le Chrysler Building et le Flatiron, un immeuble de forme triangulaire qui rappelle un fer à repasser. Malade! Je veux absolument en acheter une petite reproduction! Au loin, on peut apercevoir Ellis Island et la statue de la Liberté. J'écarquille les yeux d'émerveillement!

Un autre ascenseur nous emmène cette fois au 102$^e$ étage où nous pouvons sortir à l'extérieur. Ouf! J'ai le vertige! Et puis, soudain, j'ai une pensée émue pour King Kong. Vous savez, le gorille géant du film avec Jack Black et Naomi Watts? Vers la fin, il gravit l'Empire State Building jusqu'au sommet en tenant au creux de sa patte droite la belle Ann, dont il est follement amoureux.

Tellement romantique! Il paraît que c'est une nouvelle version d'un film tourné en 1933, tout de suite après la construction de l'Empire. Celle-là, je ne l'ai pas vue, mais ma mère, oui.

— Bien que je sois née beaucoup plus tard, précise-t-elle.

À regret, nous nous résignons à redescendre. Mes pieds me font souffrir, mes paquets pèsent une tonne et maman a l'air si fatiguée qu'on pourrait croire que nous avons grimpé à pied les 1 576 marches menant à l'observatoire du 86$^e$ étage.

## 19 H

En rentrant à l'hôtel, je découvre devant le comptoir d'accueil les deux filles au look spectaculaire qui sont montées à la hâte dans notre taxi hier soir. Wow! La rousse porte exactement la même veste en cuir fauve que celle que j'ai vue sur le dos de Beyoncé dans le *Teen Vogue* hier. Comme ça, elles logent au même hôtel que nous…

La blonde est en discussion animée avec l'employé de la réception. Je me demande si son blond est naturel. En tout cas, son anglais est approximatif et son accent tellement lourd qu'elle en est comique! Elle est manifestement française, belge ou quelque chose du genre et je n'ai pas besoin d'être voyante pour deviner qu'elle faisait la sieste pendant ses cours d'anglais au secondaire...

Elle semble cependant un peu désespérée. J'espère que rien de grave ne lui est arrivé! C'est bizarre, mais son visage m'est familier... Enfin, je suis vannée et j'ai si mal aux pieds que l'envie de déposer mes paquets l'emporte sur ma curiosité. Je vois arriver l'ascenseur avec reconnaissance, compte les étages en montant, en sors au pas de course et mets la carte magnétique dans la serrure de notre porte de chambre avant même que maman n'ait le temps de dégainer la sienne.

Une fois les paquets déposés, je repense soudainement au portefeuille que j'ai trouvé sur le trottoir ce matin. Je le sors rapidement de mon sac à main et ouvre le fermoir pour revoir la photo du permis de conduire. Eurêka! Voilà pourquoi j'avais cette impression de déjà-vu. La jeune fille qui a perdu son portefeuille, et celle qui a pris le taxi et que j'ai vue en train de discuter avec l'employé de la réception il y a deux minutes ne font qu'une!

— Maman, regarde ça!

— Qu'y a-t-il?

— La jeune fille qui a perdu son portefeuille, je viens de la voir au comptoir d'accueil en bas.

— Tu es sérieuse?

— Oui, je suis certaine que c'est elle. Regarde!

—Hum! En effet.

—Descendons vite voir si elle est encore là.

Le temps de prendre l'ascenseur, la fille a disparu. Dans ce genre de situation, c'est généralement ma mère qui prend les choses en main.

—*Excuse me, Sir,* dit-elle en s'adressant à l'employé de la réception.

—*Yes M'am?*

—*My daughter found this wallet in front of the hotel. I think it belongs to the girl who was speaking to you a few minutes ago.*

L'air neutre, l'homme tend la main vers le portefeuille. Ma mère le lui remet à contrecœur.

—*Her name is Astrid Tschumi. She is from Switzerland. Is she staying in this hotel?*

L'homme a l'air d'allumer[L] tout à coup.

—*Yes, she reported the loss of her wallet a few minutes ago. I'll give it to her. Thank you so much.*

Ainsi, je ne me suis pas trompée. La jeune fille était bel et bien en train de signaler la perte de son portefeuille. L'homme veut le lui remettre lui-même, mais ma mère ne l'entend pas de la même oreille.

Soupçonneuse, maman ne fait ni une ni deux, et lui reprend le portefeuille des mains. Il n'a rien vu venir, le pauvre. Elle continue :

—*Could you please call her and ask her to come here? I prefer to give it to her myself.*

J'aurais été surprise de voir ma mère lâcher prise aussi facilement.

—*Oh!*

L'employé a les yeux aussi ronds qu'un poisson, et il ouvre et referme la bouche comme s'il avait le souffle coupé. Je crois qu'il n'a pas l'habitude des femmes aussi déterminées.

—*Certainly. I'll call her right now.*

Il prend le téléphone, appelle la jeune femme et lui explique la situation. Moins de deux minutes plus tard, elle fait son apparition. Elle a les yeux rouges comme si elle avait pleuré. Ses cheveux ondulant jusqu'au bas de son dos lui donneraient presque l'air d'une sirène si elle n'avait pas d'aussi longues jambes. J'aimerais bien lui ressembler à dix-neuf ans, moi! Bon, je ne suis pas blonde, mais les sœurs Lirette se sont bien fait faire des mèches récemment, elles. Beurk, non! Pas question de ressembler aux sœurs Lirette!

Voyant que ma mère tient son précieux bien à la main, la jeune femme s'adresse directement à elle.

—*Hi, I'm Astrid Tschumi.*

—Enchantée, répond ma mère en lui tendant la main. Je m'appelle Marianne Bérubé. Ceci vous appartient, je crois?

Elle brandit le portefeuille que J'AI trouvé ce matin. (Je me trompe où je suis devenue invisible, là?)

— Oh, vous êtes québécoise! Quelle joie de vous rencontrer! Vous me sauvez la vie, s'écrie la jeune femme, émue. Je ne peux pas croire que vous l'ayez trouvé. J'étais désespérée... Il contient tout mon argent, mes cartes de crédit et tout. Sans lui, j'étais perdue! Comment pourrais-je assez vous remercier?

Elle semble si soulagée et si sincèrement reconnaissante qu'elle en est émouvante. Ma mère la prend tout de suite en affection. Je le devine rien qu'à voir sa tête. Sacrée maman! Toujours prête à adopter son prochain! Encore dix minutes ici et elle invite Astrid à la maison pour Noël. Je me demande comment la jeune fille a fait pour savoir que maman était québécoise...

— Ne vous en faites pas, l'essentiel est qu'il n'y ait pas eu de mal. En fait, c'est ma fille qui l'a trouvé. (Ah! Ah! Tout de même!) Vous êtes en vacances à New York?

— Oui et non. Je suis étudiante en danse et je réside ici en compagnie d'une amie de collège. Nous avons obtenu une bourse pour effectuer un stage de huit semaines à la Juilliard School of Music. Le stage doit commencer dans une semaine.

Nous avons une telle chance d'être invitées à y participer! Les meilleurs professeurs de danse sont ici, à New York, vous savez! Mais sans mon portefeuille, mon séjour était gâché! Tout s'arrange grâce à vous deux! Merci encore!

En disant cela, elle a des étoiles dans les yeux. Elle est finalement vraiment sympathique, cette fille! La Juilliard School. Quand même!

— Mais assez parlé de moi. Et vous? Que faites-vous à New York? demande-t-elle en me regardant avec le plus charmant des sourires.

— Je suis journaliste de voyage. Je suis venue ici en compagnie de Juliette pour écrire un article sur New York.

Astrid me tend la main et dit:

— Quel joli prénom! Enchantée de faire ta connaissance, Juliette! Que fais-tu de tes journées pendant que ta mère travaille?

— Euh! Je l'accompagne. (Et je m'emmerde la plupart du temps...)

— Et ça te plaît?

— Euh! Oui. C'est-à-dire que... pas toujours, en fait.

Mon hésitation la fait sourire.

— À partir de demain, mon amie Caroline et moi sommes tout à fait libres pendant le congé de Pâques. Si tu veux passer du temps avec nous...

Elle se tourne vers ma mère.

— Je serais heureuse de faire découvrir certains coins de la ville à votre fille pendant que vous travaillez, madame Bérubé. Si vous me le permettez, naturellement. Ce sera ma façon de la remercier. Je vous en prie, dites oui !

Je jette à maman un regard le plus suppliant possible. Celui de la petite-fille-qui-sera-si-reconnaissante-qu'elle-ne-se-fera-plus-jamais-prier-pour-exécuter-sa-corvée-de-vaisselle-sale-même-le-dimanche-matin. Malgré tout, elle semble hésiter.

— Hum ! Vous êtes certaine ?
— Absolument !

Elle se tourne vers moi et sourit.

— Qu'en penses-tu, toi, Juliette ?
— Moi, j'aimerais bien...
— Alors, c'est entendu, dit enfin ma mère.

Hourra ! Je ne peux pas croire à ma chance !

## 20 H 30

Après une douche, une sieste de trente minutes et une séance de placage de ma tignasse rebelle, je me sens comme neuve ! Pour notre deuxième soirée à Manhattan, maman a proposé de retourner sur Broadway jusqu'à Times Square. J'ai accepté avec enthousiasme ! En marchant dans la célèbre avenue, j'ai l'impression de vivre un moment tout à fait spécial. La section de Broadway située au niveau de Times Square constitue le quartier des théâtres de New York. De jeunes danseurs, des chanteurs et des acteurs y viennent de partout chaque année pour tenter leur chance, cherchant à attirer l'attention des meilleurs metteurs en scène et chorégraphes. Et ce soir, c'est moi qui marche sur ce trottoir !

Il y a quelque chose de magique dans l'atmosphère... De part et d'autre de la rue, des enseignes lumineuses annoncent les comédies musicales présentées en ce moment. Il y a *The Phantom of the Opera* (un classique, selon maman), *Spiderman Turn Off the Dark*, *The Lion King* (j'avais ce film lorsque j'étais petite !), *Mathilda*, *Cinderella*, et aussi *Mamma Mia*, *Chicago*, *Macbeth* et j'en passe ! La plupart de ces spectacles ont également fait l'objet de productions cinématographiques, si je ne me trompe pas.

Broadway est la seule avenue qui s'étende du sud au nord de l'île (parce que, eh oui ! Manhattan est une île) et la seule également qui soit en diagonale dans ce parfait quadrillage de rues et d'avenues. Je pourrais marcher pendant des heures en regardant les passants déambuler et traverser les rues, sans jamais me lasser, me semble-t-il. Maman est aussi excitée que moi. Nos yeux ne savent plus où se poser.

Mais quelque chose vient un peu assombrir notre enthousiasme. Çà et là, des Noirs mendient, assis par terre, un gobelet à la main. La plupart sont des hommes, mais il y a aussi quelques femmes. Ils font vraiment pitié et leur présence atténue ma joie d'être là. Moi qui ne pense qu'à magasiner... C'est incroyable de voir ces personnes quêter des pièces de monnaie pour acheter de quoi manger! Je me demande si je reverrai Troy et ses frères ce soir. Ont-ils de quoi manger? J'ai beau écarquiller les yeux, je ne les vois nulle part. Pas que je tienne à revoir le grand benêt de mon âge, mais bon...

J'ai faim, mais je ne peux me résoudre à abandonner le spectacle de la rue pour entrer dans un restaurant. Maman semble être dans le même état d'esprit. Au centre de Times Square, sont disposées des tables rondes et des chaises pliantes. De couleur rouge, elles invitent à s'asseoir! Maman propose de nous y installer et d'acheter ensuite à boire et à manger à l'un des stands de restauration installés un peu partout, comme nous l'avons fait hier. Bon, j'aurais préféré un spaghetti, mais c'est quand même une bonne idée! Il y a tant à voir que je n'ai pas envie d'entrer où que ce soit, de peur de manquer quelque chose. Tout près de nous se tient un vendeur de kebabs, ces brochettes de viande grillée à la façon orientale et servies sur un bâtonnet de bois. C'est délicieux! Maman achète aussi de l'houmous et deux bouteilles d'eau. J'ai repéré un comptoir de cupcakes un peu plus loin. Ce sera notre prochain arrêt et notre dessert, assurément! Il fait particulièrement doux ce soir et l'air est parfumé en raison des magnolias en fleurs. Il y en a partout! Je suis heureuse. J'essaie d'imaginer à quoi ressemblera ma journée de demain.

— Je devrai partir vers 9 h demain matin, Juliette. J'ai une demi-douzaine de musées à visiter dans la journée. Crois-tu que tu pourras te débrouiller avec Astrid et Caroline?

— J'en suis certaine, maman, ne t'en fais surtout pas.

Je jubile. En revenant à l'hôtel, une boîte de cupcakes multicolores à la main, j'ai le sentiment que de merveilleuses aventures ne vont pas tarder à survenir!

## 22 H

De retour dans notre chambre, cette fois je suis vraiment K.-O. J'ai peine à garder les yeux ouverts. Je mets mes photos de la journée sur Instagram et je vais me couch... ZZZZZZZZZZ.

# Vendredi 3 avril

**8 H**

Maman et moi prenons notre petit déjeuner chez Ess-a-Bagel, une boulangerie située non loin de notre hôtel, dans la 3e Avenue. Nerveuse, maman jacasse comme une pie.

— Nous ne connaissons pas ces deux jeunes filles, alors je veux que tu restes prudente, compris ?

— Oui, maman.

— Ne les perds surtout pas de vue !

— Non, maman !

Elle me tend un bout de papier.

— Voilà le nom, l'adresse et le numéro de téléphone de notre hôtel. Si tu te perds, prends un taxi et reviens simplement m'attendre à l'hôtel. D'accord ?

— Oui, maman.

— Voilà aussi un peu d'argent.

Elle me glisse dans la main quatre billets de dix dollars, deux billets de cinq dollars et dix billets de un dollar. Wow ! De quoi m'amuser pour de vrai !

— Merci, maman !

— N'oublie surtout pas…

— … qu'il y a huit millions d'habitants à New York, dont une certaine proportion est probablement constituée de malades et de kidnappeurs d'ados séparées de leur maman ! Oui, mère !

— Il n'y a pas de quoi rire, Juliette ! Je joue seulement mon rôle d'adulte responsable. Et puis, je t'aime. Y a pas de mal à ça, je pense !

Elle prend réellement ses mises en garde au sérieux parce qu'elle ne me sert que du « Juliette » ce matin. Pas le moindre surnom en « ette », pitchounette, poussinette, pucette, alouette !

— Je sais, maman. Mais cesse donc de t'inquiéter pour rien. Tout ira bien !

— Je l'espère.

J'esquive de justesse le bisou collant dont elle s'apprêtait encore une fois à me gratifier en plein restaurant. Pauvre maman ! Sûr et certain que je ne serai pas comme ça quand j'aurai des enfants…

## 9 H

De retour à l'hôtel, nous frappons à la porte de la chambre où séjournent les deux filles, au deuxième étage. C'est la rouquine qui nous ouvre.

—Ah! Tu es certainement Juliette! Nous t'attendions justement.

—Bonjour, je suis la maman de Juliette. Vous êtes sans doute Caroline. Comment allez-vous? Êtes-vous toujours certaines de vouloir passer la journée avec ma fille?

—Bien entendu, intervient Astrid en apparaissant à son tour dans le cadre de la porte. Nous avons prévu l'emmener dans Central Park où nous louerons des vélos.

—Quelle bonne idée! répond ma mère. Je vous remercie de votre gentillesse.

—C'est tout naturel, répondent en chœur les deux filles.

—Alors, amuse-toi bien, ma chérie!

—Profite bien de ta journée, m'man!

—On se retrouve à 17 h.

## 11 H

Je suis au paradis! Astrid, Caroline et moi sillonnons Central Park à vélo depuis une heure et je n'en reviens pas de tout ce qu'il y a à voir.

Long de quatre kilomètres, le parc est le plus grand espace vert de la ville, et surtout le lieu de détente privilégié des purs New-Yorkais. Il offre une véritable oasis au milieu d'une forêt de gratte-ciel. Nous avons loué nos bicyclettes à l'entrée sud-ouest du parc, à deux pas de l'école que fréquenteront Caroline et Astrid, à un endroit appelé Colombus Circle. Cette place a été baptisée ainsi en l'honneur de Christophe Colomb, m'apprend Caroline. On y trouve une statue du fameux explorateur et des fontaines. C'est très joli !

Dans ce lieu se situe aussi l'édifice de la Time Warner, la multinationale des médias et du cinéma, dont le rez-de-chaussée abrite un supermarché bio, le Whole Foods Market. Nous sommes passées y acheter de quoi faire un mémorable pique-nique et depuis, nous parcourons le parc, qui est magnifique, magique ! Il est parsemé de plans d'eau, allant du simple étang aux lacs artificiels, « avec pas moins de 36 ponts pour les enjamber », me signale Caroline. On ne se croirait plus du tout dans une ville aussi peuplée ! Des bancs publics sont disposés partout et on observe des milliers d'oiseaux. Il y a même un château écossais, le Belvedere Castle, construit en 1869 sur l'un des points les plus élevés du parc. En pierre grise, il possède deux tours, une grande et une petite, et une terrasse offrant une vue époustouflante du parc entier. Wow! J'ai l'impression de rêver. Je suis une princesse et j'attends... J'attends qui, au fait?

— Dire que le château accueille dorénavant les installations de l'observatoire météorologique de New York. Quel gâchis! dit Astrid, une fois là-haut. Caroline et moi habiterions volontiers ici. Tu pourrais venir vivre avec nous, Juliette!

— Oh! que oui!

Je regarde les pelouses couleur émeraude, les points d'eau, les milliers d'arbres et de fleurs et j'imagine que tout cela est à moi. Je ferme les yeux en me disant que ce moment est si parfait que je voudrais qu'il ne se termine jamais!

## 11 H 30

Nous pédalons maintenant vers le zoo. Il est tout près de la 5$^e$ Avenue. Une fois sur place, nous constatons qu'il y a foule.

— C'est à cause du congé scolaire, explique Caroline.

Nous cadenassons nos vélos à l'un des supports mis à la disposition des visiteurs et entrons. Les installations ne sont pas bien grandes, mais j'adore les animaux et j'apprécie tout particulièrement le spectacle du repas des otaries. Après, nous allons voir nager les ours polaires. Les pingouins me font rire aussi et, oh! regardez, c'est quoi, ce petit animal? On dirait... un chat qu'on aurait lavé avec un chandail[L] rouge!

— C'est un panda rouge, déclare Astrid.

À la lecture de la vignette, j'apprends qu'il s'agit d'un petit mammifère en voie de disparition. Aussi rare que le panda géant, il ressemble davantage à un raton laveur qu'à son cousin noir et blanc. Trop mignon!

— Oh! La maison des singes est là-bas. Allons-y!

Avec mes nouvelles copines, on fait un concours de grimaces avec les singes des neiges (ou macaques japonais).

— Venez voir! crie Astrid qui est déjà rendue plus loin.

Elle vient de faire la connaissance d'un léopard des neiges à la robe crème tachetée et au ventre blanc. Caroline, elle, préfère les manchots papous, un genre de pingouins pas très grands, originaires des îles Malouines. Étrangement, aucune d'entre nous ne semble apprécier le boa émeraude à la mâchoire acérée.

## 13 H 30

Notre visite terminée, nous pique-niquons dans le parc près du zoo. Astrid a apporté une jolie couverture à motifs indiens. Assises en tailleur, nous dévorons notre petit festin. Regarder manger tous ces animaux m'a donné faim!

— Caroline et moi sommes à la recherche d'un appartement, dit Astrid entre deux bouchées de son sandwich.

— Ah bon!

— On ne peut absolument pas passer les neuf prochaines semaines à l'hôtel, poursuit Caroline.

— C'est vrai. Ça doit coûter vraiment cher, à la longue.

— Cet après-midi, nous avions prévu aller visiter des studios dans le coin, ça te dit de venir avec nous? demande Caroline.

— Bien sûr! Quel genre d'appartement?

— Oh, un petit studio dans le bas de l'Upper West Side, le quartier situé à l'ouest de Central Park. Nous avons rendez-vous à 15 h.

— Super! Je viens!

Décidément, ces vacances sont de plus en plus excitantes!

## 15 H

Après avoir rendu nos vélos, puis marché une dizaine de minutes vers l'ouest, nous voilà devant l'entrée du 756, 59ᵉ Rue, entre la 10ᵉ et la 11ᵉ Avenue Ouest. Astrid appuie sur la sonnette placée à côté de la porte. L'immeuble de brique rouge semble dater de la fin du XIXᵉ siècle. L'ensemble a l'air plutôt propret. Le studio à louer est situé au sous-sol, m'informe Caroline. Une dame à la mine taciturne vient nous ouvrir.

— *What do you want?* demande la dame.

— *We are here for the apartment that is for rent. We spoke to each other yesterday morning and you asked me to come today.*

L'accent français d'Astrid est du plus haut comique. Je me demande si la dame a réellement compris que nous venons pour l'appartement à louer.

— *I don't have any apartment to rent!*

Pas d'appartement à louer, dit-elle?

— *But you said you had one yesterday,* proteste Caroline.

— *Maybe I had one yesterday, but I don't have anything to rent today!*

Il semble que nous ne lui faisons pas du tout bonne impression, puisque la dame nous claque la porte au nez.

Quelle horrible bonne femme! Dépitées, nous nous regardons toutes les trois sans savoir que faire. Astrid a l'air au bord des larmes.

—Oh non! Nous avions tant besoin de cet appartement!

—Nous cherchons déjà depuis une semaine, se lamente Caroline, découragée elle aussi, et il n'y a rien, rien du tout! Si ça continue comme ça, nous arriverons bientôt au bout de nos ressources.

Je suis bien triste de les voir aussi déçues et j'aimerais pouvoir faire quelque chose. Je ne savais pas qu'il était si difficile de dénicher un appartement à Manhattan!

—J'ai trouvé la petite annonce de ce studio sur le tableau d'affichage de Juilliard, poursuit Astrid. Il va falloir reprendre nos recherches depuis le début. Que pensez-vous de passer à l'école pour voir s'il y en a d'autres?

—Bonne idée, répond Caroline. Ça te dit, Juliette?

—Absolument!

Hourra! Je compatis avec mes nouvelles amies, mais je n'en reviens pas de ma chance. Je vais visiter la Juilliard School, l'école privée de musique, de danse et d'art dramatique la plus célèbre et prestigieuse du monde! Plusieurs des meilleurs acteurs et danseurs du cinéma américain sont passés par cette école. C'est d'ailleurs là que se situe l'histoire du film *Save the Last Dance* ainsi que celle de bien d'autres comédies musicales.

*I love New York!*

## 16 H

Nous remontons la 10ᵉ Rue vers le 60, Lincoln Center Plaza. En mettant le pied dans l'école fondée en 1905, j'ai le cœur qui bat! Les hauts plafonds et les fenêtres gigantesques m'impressionnent. Le sol est carrelé de tuiles noires et blanches. L'endroit est presque désert, cependant. On n'entend au loin que le son d'un piano et celui d'une contrebasse. J'écarquille les yeux dans l'espoir d'apercevoir une personnalité connue.

— La majorité des musiciens et des danseurs viennent répéter ici tous les jours, souvent jusqu'à cinq heures par jour, même le dimanche, m'explique Caroline. En particulier ceux qui ne possèdent pas d'instrument à la maison. Mais ce week-end, la plupart des étudiants sont rentrés chez eux pour le congé de Pâques.

— Oh!

Je me vois vraiment mal en train de répéter mes équations mathématiques deux heures par jour, alors CINQ heures!… Ouache! Pas question!

Heureusement, je n'ai nulle intention de devenir mathématicienne. Non, je serai plutôt écrivaine ou actrice. C'est ce que dit ma mère depuis que je suis toute petite.

Au rez-de-chaussée de l'école, il y a un immense hall dont un pan de mur est couvert de tableaux d'affichage.

— C'est ici que j'ai vu l'annonce du studio à louer, mentionne Astrid.

À trois, nous épluchons la centaine de cartons épinglés aux tableaux. Ici, on offre un violon à vendre, là des cours privés d'allemand ou une collection de livres. Quelques offres d'emploi à l'intention de musiciens et de danseurs... Peu d'annonces d'appartement. Mais eurêka! J'en trouve une!

— Ici! On annonce un studio à louer! (Notez mon ton triomphant.)

— Oui, mais pour 3 200 dollars par mois, ma belle. Regarde! C'est dans l'Upper East Side, le quartier des célébrités. Absolument inabordable! conclut Caroline en secouant la tête, l'air désappointé.

Aouch!

— Je suis désolée, dis-je, dépitée.

— Moi, j'ai trouvé quelque chose dans le Bronx, intervient Astrid. Un studio ici, et là, un petit appartement de deux pièces.

— C'est où, le Bronx ?

— C'est un district au nord de Manhattan, répond Astrid.

— Oui, et c'est assez loin, ajoute Caroline, mais c'est le berceau du hip-hop. Les meilleurs danseurs viennent de ce quartier et il paraît que les loyers n'y sont pas trop élevés. Moi, j'ai trouvé deux trucs.

Elle brandit triomphalement deux bouts de papier.

— Un petit appartement avec cuisine et chambre à coucher séparée dans **Queens**, et un autre dans **Brooklyn**. Le rappeur **Fifty Cent** est né dans Queens. C'est plutôt inspirant, non ?

Je hoche la tête en signe d'approbation.

— Bien sûr, ce n'est pas la porte à côté, mais, avec le métro, c'est faisable, poursuit-elle. Quant à Brooklyn, j'ai entendu dire qu'on y trouve des quartiers très agréables.

— Jay-Z est natif de **Brooklyn**, dis-je, toute fière de moi.

— De toute façon, on n'a pas vraiment le choix. On retourne à l'hôtel, les filles ? propose Astrid. Nous passerons les appels de notre chambre et, si c'est possible, nous prendrons des rendez-vous pour demain. Tu voudras nous accompagner pour les visites, Juliette ?

— Oh oui ! J'aimerais beaucoup.

— Si ta mère est d'accord, on t'emmènera avec plaisir.

## 17 H

Ça valait bien la peine de me dépêcher de rentrer. Ma mère n'est même pas là ! Elle ne s'inquiète pas de moi tant que ça, finalement ! Bon, c'est sans doute mieux ainsi. Ça me donne un peu de temps pour aller voir ce qui se passe sur le Web. Je me demande si Gina ou Gino sont disponibles pour un petit clavardage [L].

> Gino : Salut !
> Jules : Hé ! Salut ! Comment tu vas ?
> Gino : Ça va ! Tu veux qu'on se parle sur FaceTime ?
> Jules : Je peux pas. Il ne fonctionne pas sur cet ordi. Je veux dire... Je suis sur l'ordi de ma mère !
> (Une fille se débrouille comme elle peut. C'est un petit mensonge de rien du tout pour un cas de force majeure. Pas question que je me montre la bette [L] sur FaceTime devant Gino, décoiffée et pas maquillée !)

Gino: Je suis à Boston avec mes parents.
Jules: C'est vrai?
Gino: Si je te le dis. Tu sais que ce n'est qu'à 345 kilomètres de New York? À peine trois heures et demie!
Jules: Sans farces? Je l'ignorais!
Gino: Ça fait drôle de ne jamais te voir pendant les congés. Je trouve ça plate des fois. On pourrait faire des choses ensemble si on se voyait plus souvent…
(*OMG!* Je relis deux fois pour être sûre que mes yeux n'ont pas inventé ça. Que peut-il bien vouloir dire par là? Et Gina qui n'est pas là!)
Gino: T'es toujours là?
Jules: Euh! Oui. Moi aussi, j'aimerais ça passer du temps avec mes amis quand il y a quelques jours de congé d'affilée…
Gino: On se voit à l'école, mardi?
Jules: Non. Je reste à New York jusqu'à mercredi.
Gino: On se voit jeudi prochain, alors!
Jules: Ouais! C'est ça. À bientôt, Gino.
Gino: Bye.

## 17 H 30

Merde, voilà maman qui entre en coup de vent! Pas le temps de méditer sur les messages subliminaux de Gino ni d'appeler Gina…

— Désolée de t'avoir fait attendre, ma puce, mais j'ai eu un empêchement. Je devais voir la conservatrice du Metropolitan Museum of Art ce matin, mais elle s'est désistée à la dernière minute, alors j'ai plutôt pris le traversier qui va à Ellis Island. C'est la petite île où ont transité plus de 17 millions d'immigrants à leur arrivée en Amérique, entre 1892 et 1954.

Je hausse les épaules.

— Ah bon.

— Le gouvernement de l'époque avait fait construire un port spécial sur cette île, pour accueillir les nouveaux arrivants. C'est tellement émouvant là-bas! Il y a des graffitis déchirants qui ont été conservés en souvenir, et aussi des passeports, des valises et d'autres effets personnels ayant appartenu à de parfaits inconnus. On a l'impression de les connaître un peu après la visite. La plupart de ces personnes venaient de très loin. Comme de l'Italie ou de la Grèce, par exemple.

— Ah…

— Tout le monde devait passer à la visite médicale avant d'être admis. Tu te rends compte que certaines de ces personnes ont dû s'en retourner là d'où elles étaient venues ou sont mortes sur cette île ?

— C'est difficile à imaginer, je l'avoue. Je gage que tu as versé quelques larmes.

— Comment as-tu deviné ?

## 18 H

Pour mon plus grand bonheur, maman a décidé de secouer sa tristesse en m'emmenant visiter Chinatown. Nous longeons donc Broadway qui, en allant vers le sud, croise Canal Street, où est situé le mythique quartier chinois de Manhattan.

— Il y a environ une demi-heure de marche entre notre hôtel et Chinatown, dit maman. Nous magasinerons un peu puis nous mangerons dans un restaurant typique. Qu'en penses-tu ?

— Ça me va ! (Offrent-ils des spaghettis dans les restaurants chinois ?)

En chemin, lorsque Broadway croise la 5e Avenue, nous tombons sur le Flatiron Building, l'édifice triangulaire que j'ai pu admirer du haut de l'Empire State Building. Wow ! Il est encore plus impressionnant de près, même s'il n'a que

21 étages. Lorsqu'on le regarde de face, on a l'impression qu'il n'est pas plus épais qu'une feuille de carton et qu'il risque de tomber à tout moment. En se mettant au coin, on comprend qu'il a effectivement la forme d'une semelle de fer à repasser, d'où son surnom *Flatiron*, ou « fer plat » ! Trop cool ! Je prends des dizaines de photos avec mon mini iPad. Il faut que Gino et Gina voient ça !

— Il y a tant de choses à faire ici, s'exclame maman. Pour être satisfaites, il faudrait rester au moins trois semaines.

— Minimum !

## 18 H 30

Pas de monuments historiques impressionnants dans Chinatown, mais il faut ouvrir les yeux et les narines. Ici, ce sont les couleurs et les odeurs qui font l'exotisme. Ce qui me frappe tout d'abord, ce sont les enseignes commerciales, toutes écrites en chinois. Et puis il y a les vitrines des bouchers où pendent des canards entiers déplumés et étêtés, prêts à emporter. Ça impressionne ! Je vois aussi d'autres petites bêtes qui me sont inconnues. Je crois que je préfère ne pas savoir de quoi il s'agit. À les regarder comme ça, je ne les trouve pas trop appétissantes.

— J'ai entendu dire que les Chinois mangent du chien, maman. Tu crois que c'est vrai ?

Elle fait la grimace.

— Peut-être en Chine, mais certainement pas ici, ma chérie !

— Tu penses ?

— J'en suis certaine.

— Hum ! Et ça, qu'est-ce que c'est ? dis-je en pointant du menton les petites bêtes non identifiées.

— Pas la moindre idée... T'as vu là-bas ? Des souliers chinois ! J'en avais une paire quand j'avais ton âge.

Il n'y a pas à dire, on se croirait vraiment en Orient et plus du tout à New York. Nous explorons Canal Street, entre Broadway et Mulberry Street. Cette partie de rue est avant tout réputée pour être le royaume de la contrefaçon. Les devantures de boutiques regorgent de fausses montres Rolex, d'imitations de sacs Cartier ou Prada, de copies de ceintures Hugo Boss, de portefeuilles Chanel grossièrement plagiés... Ma mère a la bouche ouverte de stupéfaction quand un Chinois lui offre tout un ensemble de valises Louis Vuitton pour cent dollars.

En réalité, il n'y a pas grand-chose qui coûte plus de dix dollars sur ces étalages. Avec l'argent que j'ai reçu ce matin, je m'offre un t-shirt avec le logo de Chanel. J'achète aussi deux porte-clés «*I love NY*», destinés à Gina et à Gino (ben oui, quoi, pourquoi pas à Gino aussi?), et un porte-monnaie Louis Vuitton pour Gina. Maman m'en achète un semblable. Trop *chill*! Gina et moi aurons le même! Le simili cuir est un peu raide. J'aimerais bien voir les vrais… Enfin, ce n'est pas grave. Et puis, tous ces achats m'ont donné faim.

— Si on allait manger, m'man?

— J'allais justement te le suggérer.

Une amie de ma mère lui a recommandé le Peking Duck House, un restaurant incontournable dans Chinatown et même à New York, à ce qu'il paraît.

— Certains considèrent cet endroit comme le meilleur restaurant chinois du monde. Tu te rends compte, ma pucette?

— Pas vraiment, non.

— Le restaurant s'est rendu célèbre grâce à son canard laqué.

— Qu'est-ce que ça veut dire, "laqué"? Que le canard est verni?

Elle rit.

— Ben quoi? Qu'est-ce que j'ai dit?

— Il s'agit d'un plat traditionnel originaire de Beijing, en Chine. On dit "laqué" parce que la peau du canard, si elle a été bien rôtie, est aussi luisante que si elle était vernie.

Une fois assise à table, je réalise que nous sommes les seules personnes à ne pas avoir les yeux bridés dans ce restaurant. Est-ce bon signe ou non ? Maman dit que oui et commande évidemment du canard laqué pour deux.

— Astrid et Caroline sont à la recherche d'un appartement pour les deux mois qu'il leur reste à passer ici. Elles prendront des rendez-vous ce soir en vue de faire des visites demain et m'ont offert de les accompagner. Si tu es d'accord évidemment.

— Oh ! Est-ce que ça vous prendra toute la journée ?

— Peut-être. Enfin, je crois que oui. Qu'en dis-tu ?

— Ça te ferait plaisir ?

— Oh oui ! Vraiment !

— Alors, d'accord. Mais soyez prudentes tout de même. Dans quels quartiers irez-vous ?

— Dans Manhattan, je crois, dis-je d'un ton détaché.

— OK. Je ne suis pas certaine que j'aurais accepté si tu m'avais parlé du Bronx ou de Queens. Ah ! voilà le canard.

En voilà un qui arrive à point ! Parce que je viens de faire un bien vilain mensonge et que j'ai grand besoin d'une diversion ! Que va-t-il se passer si ma mère découvre que j'ai menti ? Bah ! Elle ne met jamais ses menaces de représailles à exécution ! À ma grande surprise, le canard est plutôt bon. Délicieux même. Le goût est un peu sucré. Aigre-doux, plutôt !

— À l'origine, le canard laqué était préparé à la cour impériale des Ming.

— Des Ming ? Qu'est-ce que c'est ?

— C'est un nom de famille, ma chérie. La dynastie Ming est une lignée d'empereurs qui a régné sur la Chine entre le XIV$^e$ et le XVII$^e$ siècle, c'est-à-dire après l'effondrement de la dynastie Yuan.

— Ah ! OK...

Je n'en demandais pas tant. Je ne suis pas certaine d'apprécier tellement quand ma mère se prend pour un de mes profs. Mais bon, je me dis qu'elle ne veut pas que je reste ignare. Reste à savoir où et quand cette information si utile pourra bien me servir...

— La préparation du canard laqué commence dès que le canard à rôtir vient au monde. On l'engraisse par gavage pendant deux mois et on l'égorge lorsqu'il pèse trois kilos.

— Pauvre petit !

— Ensuite, on le gonfle d'air sous la peau, on lui enlève les entrailles, on l'ébouillante, on l'enduit de miel et on le laisse sécher.

—Arrête ! Tu vas me couper l'appétit, m'man.

Ça y est, je crois que je n'ai plus faim. Dommage, parce que je l'aimais bien, moi, ce canard !

—Lors du rôtissage, la peau prend cette belle couleur. Enfin, le canard est suspendu dans une pièce bien aérée et laissé à refroidir. Une fois toutes ces étapes complétées, la viande est tendre, la peau croustillante et la chair a ce goût exquis.

Lorsqu'elle commence, ma mère peut s'avérer intarissable... mais là, j'ai un peu peur de vomir.

—Mange pendant que c'est chaud, pitchounette. Le dessert s'en vient !

—C'est quoi le dessert ?

Ben quoi ?

# Samedi 4 avril

**10 H**

Astrid, Caroline et moi terminons de prendre notre petit déjeuner ensemble dans la chambre des filles. Levée tôt, ma mère devait retourner aujourd'hui au Metropolitan Museum of Art et se rendre ensuite au MoMA, le Museum of Modern Art, ainsi qu'au Frick Collection et au Guggenheim Museum. Elle se paie la traite[L]! Consciente de ce que son programme a de, mettons, « spécial », elle n'a pas été difficile à convaincre que Caroline et Astrid auraient sans doute « absolument » besoin de moi toute la journée. J'espère qu'elle prendra du bon temps de son côté parce que moi, je sens que je vais vraiment bien m'amuser. Notre objectif aujourd'hui ? Trouver la perle rare lors d'une de nos visites prévues dans trois arrondissements différents.

Assises toutes trois sur l'un des lits où traînent encore des miettes de bagels et des restes de fromage à la crème, nous prenons des notes et traçons un itinéraire sur un plan de métro. Puis Astrid saute sur ses pieds et sonne le départ.

— Bon. Les filles, on n'a pas le temps de traîner ! Madame White nous attend dans le Bronx à 11 h, puis monsieur Brown, trois stations de métro plus loin, à midi pile.

— Super ! J'ai noté toutes les adresses, dit Caroline.

— Tu as aussi celles de nos deux visites de l'après-midi, celle dans Brooklyn et l'autre dans Queens ?

— Oui, mon capitaine !

— Alors, allons-y !

Le temps de rassembler nos affaires et nous sommes sur le trottoir, en route pour la station de métro. En compagnie des filles, j'ai l'impression d'être devenue une vraie New-Yorkaise d'adoption et de vivre ici depuis des semaines. Je me vois déjà vivre ici toute l'année et fréquenter moi aussi la Juilliard School. Je suis euphorique ! À Grand Central, nous prenons la ligne verte du métro qui suit Lexington Avenue, vers le Bronx, c'est-à-dire vers le nord. Je suis ravie, mais j'ai quand même quelques papillons dans l'estomac.

—Ce n'est pas dangereux de prendre le métro à New York ?

—L'île de Manhattan est réputée sûre et la plupart des quartiers environnants également, répond Astrid. Mais, comme partout, il faut quand même respecter certaines règles élémentaires de prudence, par exemple, éviter de prendre le métro après minuit ou de monter dans une rame vide. Ne t'inquiète pas, nous rentrerons bien avant minuit.

Elle me sourit. Je lui souris à mon tour.

—Je ne suis pas du tout inquiète !

À la hauteur de la 125$^e$ Rue, nous quittons l'île de Manhattan pour passer sous l'Hudson River et rejoindre le Bronx. Incroyable, non ! Je me demande bien comment ils ont fait pour creuser sous l'eau lors de la construction du métro. Nous descendons à l'arrêt juste après le Yankee Stadium, au coin de la 167$^e$ Rue et de Jerome Avenue. L'appartement en question est situé un coin de rue plus loin, au 989, River Avenue. Après une promenade d'une douzaine de minutes, nous montons, le cœur battant, les cinq marches menant à l'entrée principale et appuyons toutes les trois en même temps sur la sonnette. Au bout d'un laps de temps qui nous semble interminable, c'est-à-dire environ une minute, une bonne femme à l'air méfiant vient nous ouvrir. Ses cheveux gris sont rassemblés à la va-vite en un chignon négligé. Elle a le menton saillant, le regard fuyant et porte un tablier gris taché de graisse sur une robe bleue informe.

— *Mrs White ?* l'interpelle poliment mon amie en lui tendant la main. *My name is Astrid Tschumi. My friends and I came to see the apartment for rent.*

La vieille marmonne quelque chose d'incompréhensible avant de nous refermer la porte au nez. Interloquées, nous nous regardons. Pas encore !

— Ben, qu'est-ce qu'on fait maintenant ? questionne Caroline.

Astrid va répondre lorsque la porte s'ouvre de nouveau, laissant passer madame White, un lourd trousseau de clés à la main.

— *Come with me*, dit-elle en descendant les marches du perron et en se dirigeant vers l'arrière de la maison.

Interloquées, nous lui emboîtons le pas sans rien dire.

Arrivée à destination, elle descend quatre marches jusqu'à une porte d'un blanc sale dont les coins sont envahis par les toiles d'araignée. Brandissant une clé rouillée de son porte-clés, elle l'insère dans une serrure branlante et pousse la porte qui fait entendre un sinistre grincement avant de lui livrer passage, nous trois à sa suite.

Une ampoule nue au plafond éclaire le sous-sol. Mes yeux s'habituant progressivement à la semi-obscurité, je discerne, au centre de la pièce, deux chaises pliantes de chaque côté d'une petite table en métal sur laquelle ont été abandonnés les reliefs d'un repas pris il y a longtemps. Au fond, un matelas de lit à deux places trône sur un sommier posé à même le sol poussiéreux. À droite, il y a un miniévier et un bout de comptoir sur lequel est posée une plaque chauffante à deux ronds. Juste à côté, j'aperçois un minuscule frigo d'allure malpropre. À gauche, une porte entrouverte donne sur ce qui semble être une petite salle de bain. Une forte odeur d'urine s'en dégage. Çà et là, des journaux traînent sur le sol. Il y a aussi nombre de bouteilles de vodka vides. La seule fenêtre est à côté de la porte d'entrée. Un store de plastique presque entièrement recouvert de toiles d'araignée pendouille devant. Astrid et moi échangeons un coup d'œil dégoûté. Au même moment, Caroline pousse un cri strident en pointant le doigt en direction du comptoir de cuisine :

— Il y a un... un... un RAT ! Il y a un RAT, LÀ, dans l'évier !

— Aaaahhh !

— Aaaahhhhh !

— Aaaahhhhhhhh !

En hurlant, nous nous poussons toutes trois vers la sortie. Abandonnant la vieille dame derrière nous, nous rebroussons chemin pour retrouver avec reconnaissance le trottoir de River Avenue.

—Fichons le camp d'ici, disent en chœur Caroline et Astrid en m'entraînant par le bras.

Arrivées devant la bouche de métro, nous nous regardons, un peu essoufflées, avant d'éclater de rire.

—Mon Dieu! Quel horrible appartement et quelle horrible bonne femme! commence Astrid.

—Non, mais quelle HORREUR! renchérit Caroline.

—Ouache! dis-je. *Full* dégueu! Je crois que je vais vomir.

—Retiens-toi, je t'en prie!

—Ce n'est vraiment pas de chance, hein?

—Tu l'as dit, ma Juliette, répond Astrid, l'air complètement dégoûtée de celle qui ne s'en remettra pas de sitôt.

—ARK-QUE!

J'aime la façon toute particulière qu'ont Astrid et Caroline de prononcer mon prénom. Avec les filles, ça ne sonne pas en «ette», comme le dit maman, mais plutôt en «è», comme dans «Julièèèèt». C'est plus chantant, plus distingué, il me semble...

—Où est situé le deuxième appartement que nous devons visiter ? finit tout de même par demander Caroline.

—Tu es certaine que tu veux le savoir ? lance Astrid en fouillant dans son sac à main.

—Dis toujours, on avisera.

—Alors, voilà ! Il s'agit d'un appartement de deux pièces situé trois stations de métro plus loin, dans Jerome Avenue. Vous êtes certaines de vouloir continuer ?

—Pas le choix, dit Caroline.

—On y va alors ?

—On y va, ma belle Juliette !

—Espérons que celui-ci aura un peu plus de bon sens, dis-je en avançant dans le tourniquet de la station de métro.

—Ce ne sera pas difficile, je crois, enchaîne Caroline.

—Ben moi, je crois que cette fois-ci sera la bonne, déclare Astrid avec optimisme. Après tout, la guigne ne peut pas nous poursuivre indéfiniment !

## 11 H 50

Nous sortons du métro, cette fois à la hauteur de la 176$^e$ Rue. L'immeuble devant lequel nous nous arrêtons ne paie pas de mine non plus.

— L'appartement est au quatrième étage, annonce Astrid, mais le concierge a précisé qu'il nous attendrait au rez-de-chaussée. Voyons voir.

Le bouton de l'interphone a été arraché et la serrure de l'entrée principale de l'immeuble est très abîmée.

— Ça augure mal, dis-je.

Nous tirons la porte vers nous en même temps qu'un jeune de dix ans à peu près se précipite pour sortir, une cigarette au bec et un chat galeux sur les talons. À l'intérieur, les marches de l'escalier sont jonchées de détritus : boîtes vides, enveloppes déchirées, contenants de styromousse, pans de papier hygiénique souillés et mégots de cigarette. À l'étage, on entend un couple se disputer bruyamment. Ils ont l'air d'être au bord d'en venir aux coups. Tout près, un bébé hurle à pleins poumons. Astrid et Caroline sont muettes de stupéfaction. Il n'y a qu'une porte au rez-de-chaussée. Je m'enhardis à y frapper. Pas de réponse, mais le bébé s'époumone de plus belle. Caroline prend le relais et cogne avec plus de conviction. Une voix finit par se faire entendre.

— *Who is it ? What the hell d'you want ?*

La porte s'ouvre violemment sur une jeune femme d'environ vingt-cinq ans, échevelée et l'air hagard, un bébé de six mois dans les bras.

— Heu, *good morning. Are you Mrs Brown?* demande Astrid.

— *What do you want?* aboie de nouveau la jeune femme.

— *We are looking for Mr Brown about an apartment for rent*, reprend Astrid, dont le visage reflète un découragement croissant.

— *Bob is not here. I'll show you the apartment.*
Elle se retourne et se met à hurler.

— *Britney!*

Une petite fille à l'air malheureux qui semble âgée de six ans à peine fait son apparition. Son visage est couvert de crasse et ses cheveux donnent l'impression de ne pas avoir été lavés depuis plusieurs semaines.

— *Take the baby! I'll show the apartment that is for rent to these women.*

Elle lui tend le bébé et délaisse les enfants pour venir nous montrer l'appartement.

Je meurs d'envie de m'enfuir à toutes jambes, mais je me contrôle et je suis Caroline, Astrid et la mère indigne dans l'escalier. Le logement libre est au quatrième étage et il n'y a pas d'ascenseur. Par contre, des déchets traînent dans les escaliers jusqu'en haut. Partout, il règne une odeur de vomissure et de couche sale. Nous sommes accueillies au quatrième par une musique tonitruante.

Il y a deux portes. La « concierge » se dirige vers celle qui est opposée à l'appartement d'où s'échappent des décibels déchaînés de hard rock. Nous hésitons entre l'envie de nous boucher les oreilles et celle de nous enfuir sans délai. La vision de la pièce principale de l'appartement, dont la serrure de la porte d'entrée branle tellement qu'elle semble superflue, nous remplit d'effroi. À côté de ce logement, celui de madame White avait l'air d'une suite dans un palace. À l'instar de l'entrée de l'immeuble, le sol est couvert de détritus. Les armoires de cuisine ont été arrachées et des seringues vides ont été abandonnées sur le comptoir qui a vu des jours meilleurs. Des traces de sang se mêlent à la crasse un peu partout dans la salle de bain. J'ai un sérieux haut-le-cœur, là. C'est pas des farces!

— *It's only eight hundred dollars a month or three hundred dollars a week*, nous apprend notre charmante hôtesse.

Que répondre à cela? C'est Astrid qui parle.

— *It's not big enough. We need one more room.* Merci pour la visite, conclut-elle en français en me saisissant la main et en m'entraînant vers la sortie.

Ouf! Juste à temps, semble-t-il, parce que les charmants voisins d'en face viennent de se pointer dans la porte d'entrée pour voir ce qui se passe.

—*What's going on here?* jappe un colosse de 100 kilos, sans une dent dans la bouche, mais un bandeau noir sur l'œil droit et les bras couverts de tatouages de femmes nues.

—Euh! *Thank you for everything*, articule à grand-peine Caroline en nous suivant au pas de course dans l'escalier.

Cette fois-ci, nous ne nous arrêtons même pas sur le trottoir pour reprendre notre souffle. Nous nous dirigeons *subito presto* vers la station de métro sans demander notre reste. L'estomac révulsé, je vomis pour de bon dans une poubelle. Beurk! Moi qui ai mal au cœur rien qu'à voir une tranche de pain moisie, j'ai tenu bon pas mal longtemps! Ce n'est qu'une fois en sécurité dans le wagon que nous laissons échapper un soupir de soulagement.

—Quel cauchemar! lâche Astrid. Comment te sens-tu, Juliette?

—Ça ira. Vous en faites pas. J'ai l'habitude, dis-je en m'essuyant la bouche avec le mouchoir que me tend mon amie.

—J'ai l'impression que nous ne trouverons jamais ce que nous cherchons, se plaint Caroline avec un début de sanglot dans la voix.

—Ne vous découragez pas, m'écrié-je. Il nous reste encore deux appartements à voir cet après-midi, non?

— Je ne suis pas certaine que cela me remonte le moral, répond Astrid.

— Remarque que j'ai entendu beaucoup de bien de Queens et de Brooklyn, rétorque Caroline, en bon petit soldat.

— Il ne faut pas vous décourager. On a vu seulement deux logements. Je suis certaine que le vent va tourner et que cet après-midi sera mémorable !

Je me rappelle avoir entendu maman dire qu'il y a effectivement de fort beaux quartiers dans Queens et Brooklyn. Comme ça arrive souvent quand on cherche quelque chose, le dernier endroit visité risque d'être le bon !

## 13 H

De retour à Manhattan (Brooklyn et Queens sont situés au sud), nous descendons à Grand Central et décidons de pique-niquer dans Bryant Park afin de faire le point avant d'entamer les visites de l'après-midi. Un camion de restauration servant des tacos et d'autres plats mexicains est stationné Avenue of the Americas, juste à côté. Je suis affamée et, à ce moment précis, je donnerais n'importe quoi pour un plat de nouilles ou, à défaut, deux tacos et une limonade. Les émotions, ça creuse! Nous nous apprêtons à foncer sur le restaurant ambulant lorsque j'aperçois mon petit danseur préféré accompagné de ses trois frères. Il ne me voit pas parce qu'il est occupé à se concentrer en vue de son entrée en scène à côté de son grand frère qui fait le *head spin*[L]. Par contre, le grand idiot d'ado, debout juste à côté, m'a bel et bien repérée, lui. Il me regarde en souriant de toutes ses dents.

—Regardez, dis-je, c'est Troy et ses frères.

—Tu les connais? demande Caroline.

—Un peu.

—Ils sont vraiment super! Nous les voyons presque tous les jours, mais nous ignorions que le petit s'appelait Troy. Tu as une longueur d'avance sur nous, Juliette, remarque Astrid. Et les autres, connais-tu aussi leurs noms? Ils sont plutôt beaux garçons, non?

—Euh! Non. Je veux dire, oui! Euh! Je ne sais pas comment les autres s'appellent.

—Allons voir, poursuit mon amie en nous entraînant à sa suite. Je meurs d'envie d'en savoir plus.

Nous nous agglutinons autour des garçons en compagnie des autres passants. Troy épate tout le monde, comme d'habitude. Ses *freezes* aériens sont les plus spectaculaires que j'aie vus. Son

numéro terminé, les applaudissements sont frénétiques. Je m'approche la première.

— *Hi Troy*, dis-je en me penchant pour mettre cinq dollars dans sa casquette et effleurer des doigts ses mignons cheveux crépus. *How are you today ?*

— *Oh ! I recognize you !* Tu es la jolie Française. Que fais-tu ici ? Attends, *beautiful*, je ramasse les billets et je reviens. Ne bouge pas !

Avec les jolies fossettes qui se creusent sur ses joues quand il sourit, ce gamin est absolument irrésistible. Il fait le tour de l'auditoire et sa casquette ne tarde pas à déborder de jolis billets verts. Sa cueillette terminée, il revient vers moi.

Il a l'air réellement content de me voir. Je suis flattée et ça me délie la langue.

— Je m'appelle Juliette et je suis québécoise. Je suis avec mes amies. Voici Caroline et Astrid, qui viennent de Suisse, dis-je en pointant tour à tour les jeunes filles. Elles vont à la Juilliard School!

— Allô Troy! dit gentiment Astrid avant de se tourner vers les grands frères qui se sont approchés. Vous parlez français, alors? demande-t-elle à la ronde.

— Je m'appelle David, dit le plus âgé en s'avançant plus près encore et en tendant la main à Caroline. Notre grand-mère est née en Haïti.

« Ça alors, ma mère avait raison! », me dis-je.

— Je suis Caroline, enchantée, répond celle-ci en souriant.

Elle n'a pas du tout l'air surprise qu'il lui ait tendu la main à elle plutôt qu'à Astrid, qui s'était pourtant adressée à eux la première. Je crois qu'elle a l'habitude de voir les gens subjugués par sa flamboyante crinière rousse.

—Moi, c'est Sammy, dit le second qui semble, lui, n'avoir d'yeux que pour la blonde Astrid.

Il a des tatouages étranges un peu partout sur le corps et un regard très doux.

—Et moi, Astrid. Enchantée! dit-elle en rejetant savamment sa longue chevelure en arrière. Vous dansez merveilleusement bien, tous les quatre. Bravo!

—Tape là, mon amie, dit l'ado aux yeux ronds en plaçant sa main droite juste devant ma figure. Je m'appelle Ethan. Tu t'appelles Jules, c'est ça?

—Juliette, dis-je en rougissant (évidemment), mais, euh, Jules, ça va très bien aussi!

Non, mais, qu'est-ce que je raconte? J'aurais peut-être mieux fait de rester de l'autre côté de la rue, finalement...

—Je t'ai entendue dire que tu venais du Québec. J'ai un cousin qui vit à Montréal. Il paraît que c'est super!

—Euh! Oui, c'est pas mal.

Qu'est-ce que je suis censée dire après ça, moi? Malaise... Je regarde mes chaussures. Il m'en faut décidément une nouvelle paire, d'ailleurs.

—Vous venez de Suisse? demande David à Caroline.

—De Lausanne, oui.

—J'aimerais bien aller là-bas un jour.

—Si c'est le cas, je vous ferai visiter avec plaisir, déclare-t-elle en souriant de toutes ses dents.

Tout de même un peu intimidée par le regard appuyé du jeune homme, elle se penche vers Troy pour déposer, elle aussi, un billet de cinq dollars dans la casquette.

—Tu habites où, mon petit ange ? lui demande-t-elle.

—Nous habitons dans Queens, répond l'enfant. Tu veux venir voir ?

—Oh ! Nous allons justement là-bas cet après-midi. C'est bien comme endroit ?

—Ça dépend. Il y a des endroits mieux que d'autres, précise David.

Le visage du jeune homme se ferme un peu.

—Pourquoi vous y allez, exactement ?

—Nous sommes à la recherche d'un appartement, explique Astrid.

—C'est vrai que vous fréquentez la Juilliard School ? demande Troy avec les yeux pétillants de curiosité. C'est l'école où vont les *stars*, pas vrai ? Vous êtes des vedettes ?

—Non.

Astrid sourit.

—Nous ne sommes encore que des débutantes. C'est toi la vedette, Troy.

— Pas encore, mais un jour, je serai plus riche que Jay-Z et j'épouserai une jolie blonde, comme toi !

— J'en suis certaine, mon trésor !

— Allons, tu as encore des croûtes à manger, mon p'tit vieux, dit Sammy en donnant une bourrade affectueuse à son petit frère.

— Eh bien, si on veut visiter tous ces appartements, il va falloir y aller, lâche Astrid en regardant sa montre.

— Déjà ? fait David avec une pointe de regret dans la voix et un regard appuyé vers Caroline. Faites quand même gaffe. Le monde ne compte pas que des anges.

— Si vous avez besoin d'aide, n'hésitez pas à nous téléphoner, renchérit Sammy en glissant dans la main d'Astrid un morceau de papier avec un numéro de téléphone.

— *Ciao bella !* Tu es très jolie, glisse Ethan à mon oreille au moment où je m'éloigne avec les autres.

— Quoi ?

Je suis soufflée ! Il a un de ces culots, le frère du petit Troy ! Je sens la chaleur me monter aux joues.

— Je meurs de faim, les filles. Vous venez ? intervient fort heureusement Astrid en me prenant par le bras.

Manifestement à regret, Caroline parvient à détacher son regard de celui de David pour daigner s'intéresser de nouveau à ce qui se passe autour d'elle.

— Je viens, fait-elle dans notre direction avant de susurrer un léger « *bye* », à l'oreille de David qui arbore un sourire béat et l'air de s'être soudainement transformé en statue-tout-juste-bonne-à-être-exposée-au-musée-Madame-Tu-chose.

De l'autre côté du trottoir, Astrid brandit le numéro de téléphone qu'elle tient toujours au creux de sa main.

— Tu comptes lui téléphoner ? demande Caroline.

— Jamais de la vie ! répond l'autre avant de fourrer machinalement le bout de papier dans son sac à main et de s'avancer résolument vers le kiosque de restauration.

## 14 H

J'adore les tacos ! Avec de la salsa et de la crème sure. Miam ! Le hic, c'est que c'est difficile à manger proprement. La salsa me coule sur le menton tandis que la crème sure me file entre les doigts. Je réussis même à en mettre un peu sur mon t-shirt. Dégueulasse ! C'est la honte ! Caroline et

Astrid ne semblent pas avoir tant de problèmes, elles ! Ce n'est vraiment pas juste.

— Bon. Il nous reste encore deux appartements à visiter, déclare Astrid. Ils ne sont pas la porte à côté et il est déjà plus de 14 h. Que suggérez-vous ?

— Moi, je pense qu'il faut faire les visites aujourd'hui, dit Caroline. Le temps presse et, en raison du congé de Pâques, on risque de devoir attendre la semaine prochaine avant de pouvoir faire de nouvelles visites.

— Le hic, c'est que Brooklyn et Queens sont très loin l'un de l'autre, remarque Astrid.

— Que proposes-tu ? demande Caroline.

— On pourrait peut-être se séparer, dis-je.

— Bonne idée, approuve Astrid. Caroline, te sens-tu assez sûre de toi pour effectuer une visite toute seule, si je prends Juliette avec moi ?

— Mais oui ! Je peux me rendre dans Queens. C'est moi qui ai parlé avec le concierge et le petit appartement semblait réellement intéressant. Il a dit que le voisinage est très joli et qu'il y a beaucoup de jeunes familles dans le quartier. Je ne vois donc pas de problème à y aller avant la noirceur.

— D'accord. Alors, allons-y.

## 15 H

Nous retournons ensemble jusqu'à Grand Central, la station où passent à la fois les lignes de métro vers Queens et Brooklyn. Nous nous séparons sur le quai, une fois nos passages payés et la barrière passée.

— On se retrouve à l'hôtel à 17 h ? propose Astrid.

— Plutôt 18 h, répond Caroline, j'aimerais faire quelques courses après la visite, étant donné que c'est Pâques demain.

Notre amie nous salue de la main, le sourire aux lèvres, en se dirigeant vers la ligne rose tandis que nous allons reprendre la ligne verte vers le sud, où se situe Brooklyn.

## 15 H 45

Nous descendons à la station Nevins Street. Le quartier paraît agréable. La devanture des commerces est pimpante et des enfants jouent dans les rues. Qu'est-ce qui nous attend cette fois ? Le logement est situé au 357, Slate Street, numéro 3B. La façade est propre et le perron, fraîchement repeint. Une dame d'une cinquantaine d'années et à l'air distingué et gentil vient nous ouvrir la porte.

Avec sa coiffure soignée, sa jupe beige au genou et son chemisier blanc cassé, elle me fait un peu penser à la grand-mère de mon amie Gina, qui est toujours tirée à quatre épingles.

Un porte-clés à la main, elle nous invite à monter au deuxième étage. Un tapis arborant un chaleureux *Welcome friends* nous accueille à la porte de l'appartement à louer. Je fais un vœu silencieux avant de passer le seuil. Contre toute attente, je ne suis pas déçue! Ce petit appartement est absolument super, follement beau-propre-et-tranquille et la sympathique dame qui nous reçoit nous fait grande impression. Pour couronner le tout, elle parle français.

—J'ai fait des études à Paris lorsque j'étais jeune fille, nous confie-t-elle avec un fort joli accent. L'appartement est loué entièrement meublé et il y a une laverie à proximité. Il appartient à un étudiant en médecine qui vient de terminer ses études et qui est parti en stage pendant quatre mois en Haïti. Je crois que vous serez bien ici. Le jeune homme ne veut pas louer à n'importe qui, vous savez? Mais comme je lui ai dit que vous étudiez à Juilliard…

Ouvrant grands les yeux, nous constatons qu'il y a une minicuisine tout équipée, avec une cuisinière au gaz, un frigo petit format, un comptoir, un garde-manger et de multiples tablettes sur lesquelles est déposé tout l'équipement nécessaire, y compris la vaisselle et les ustensiles. L'ensemble est scrupuleusement propre. L'appartement dispose aussi d'un salon comprenant une causeuse-lit, un fauteuil, une petite table, deux chaises et une grande bibliothèque remplie de livres. Enfin, une petite chambre comptant un lit à deux places et une grande garde-robe complète le tout.

— Il le loue combien ? demande une Astrid un peu anxieuse.

— Deux mille dollars par mois.

Grimace du côté d'Astrid.

— C'est un peu cher, quand même. Je dois en parler avec mon amie avant de prendre une décision. Vous pouvez attendre un peu ?

La dame semble légèrement contrariée, mais elle fait contre mauvaise fortune bon cœur.

— Écoutez, je ne devrais pas faire cela parce que j'ai eu plusieurs demandes, mais vous m'inspirez confiance et j'aimerais vous aider. Je vais donc attendre votre réponse jusqu'à demain, même heure. Ça vous va ?

— Tout à fait ! Oh, merci, madame ! s'écrie Astrid en lui secouant la main avec enthousiasme afin de bien montrer sa reconnaissance. Vous n'aurez pas à le regretter.

Une fois sur le trottoir, nous regagnons la station de métro en sautillant de joie. Le quartier est fort beau. On y trouve une boulangerie, quelques restaurants, une école primaire et un très joli parc. Tout près, il y a aussi l'école de musique de Brooklyn.

—Une école très réputée, me dit Astrid. Et regarde là-bas, tu vois cet immense édifice ? Il s'agit du Brooklyn Theatre où se produisent certains spectacles de la même envergure que ceux de Broadway.

—Wow !

En métro, il faudra à peine trente minutes pour aller à Juilliard.

—Je me demande bien ce qu'a pu trouver Caroline, fais-je.

—Si elle a trouvé quelque chose d'aussi bien, on va avoir l'embarras du choix. La chance nous sourit enfin, je crois !

## 17 H 30

De retour à Manhattan, nous montons dans l'ascenseur de l'hôtel Carter, qui s'arrête d'abord au deuxième étage.

—Tu veux venir voir si Caroline est déjà là ? m'offre Astrid.

—J'ai tout aussi hâte que toi de la voir, mais j'ai peur que ma mère ne s'inquiète. On se retrouve plutôt tout à l'heure? Après avoir mangé peut-être?

—Pas de soucis, Juliette. Dis bonjour à ta maman, d'accord? Tu passes nous voir quand tu veux! Ce serait chouette de manger avec ta mère demain, étant donné que c'est Pâques. Tu veux lui en parler?

—Ouais! Super!

Lorsque je la rejoins dans notre chambre, ma mère est assise devant son ordi et tape frénétiquement sur les touches.

—Je suis en train d'envoyer quelque chose au rédacteur en chef du magazine *Sortons*. J'ai passé une superbe journée! Et toi?

—Vraiment géniale! Je crois que nous avons trouvé l'appartement idéal pour Caroline et Astrid. Dans Brooklyn.

—Quelle bonne nouvelle! Mais dis donc, tu ne m'avais pas dit que vous ne deviez pas sortir de Manhattan?

—Euh!

—Les filles ne t'avaient pas avertie ou c'est toi qui m'as menée en bateau?

—…

—Julieeettte!

—Mais maman, j'ai eu peur que tu m'interdises d'aller avec elles si je te disais que nous devions nous éloigner. Tu sais, les appartements se louent à des prix exorbitants par ici.

—Tu as parfaitement raison, je te l'aurais interdit.

Ses yeux lancent des flammèches.

—D'un autre côté, j'aurais dû vérifier moi-même auprès des filles. Je sais que les appartements sont effectivement hors de prix à Manhattan, dit-elle en se radoucissant.

—L'essentiel, c'est que tout se soit bien passé et que je sois rentrée saine et sauve, non?

—Sans doute, mais je ne peux passer sous silence le fait que tu m'as menti. Pas question que tu sortes encore avec les filles demain. Compris?

—Mais maman! Astrid proposait que nous prenions un repas toutes ensemble demain…

—On verra! tranche maman d'un ton qui n'accepte aucune réplique. Tu as faim?

—Je me meurs.

—Que dirais-tu d'aller faire un tour dans Harlem?

—Si tu veux. (Je suis mieux de filer doux et d'être conciliante ce soir, je pense.)

—J'aimerais manger et me coucher tôt. On y va?

—D'accord.

## 18 H

Et me voilà de nouveau sur les trottoirs de New York. Ah! Comme j'aime cette ville! J'aime chaque minute de ce voyage. Dans le métro, maman me parle de Harlem. Et la voilà repartie!

—Le quartier a longtemps été considéré comme dangereux. C'est un ancien ghetto noir. Dans les années 1980, les Blancs n'osaient même pas s'y aventurer en plein jour. Les fenêtres de certaines maisons étaient entièrement placardées de planches et des carcasses de voitures vandalisées étaient abandonnées en pleine rue. La situation a beaucoup changé. Ce quartier est devenu très à la mode, avec des galeries d'art branchées, des lofts, et beaucoup de jeunes professionnels de race blanche y élisent dorénavant domicile. En fait, tous les quartiers de Manhattan sont maintenant sécuritaires, alors que ce n'était pas du tout le cas dans les années 1980 et 1990. Tu te rends compte?

—Pas vraiment, non. Faut dire que les années 1980, c'est presque la préhistoire. Hein, m'man?

—Juliette!

## 19 H

Nous sommes attablées au Sylvia's, un restaurant situé au 328, Malcolm X boulevard et réputé pour sa *soul food*, une cuisine venue du sud des États-Unis. Il y a de la musique et l'ambiance est vraiment cool! Pas de pâtes au menu... J'ai commandé un *fried chicken*[L], et maman des côtes levées.

— C'est quoi, ce style de musique, m'man?

— Ça, ma pucette, c'est du jazz. Du bon vieux jazz des années 1940.

— Ah! C'est ÇA du jazz?

— C'en est une forme, oui.

Voilà nos plats qui arrivent. J'en ai l'eau à la bouche.

Ça sent vraiment bon et j'ai si faim après toutes les promenades avec les filles aujourd'hui que je pense que je mangerais même la bibitte[L] bizarre que j'ai aperçue dans la vitrine de Chinatown hier soir. Enfin, peut-être pas, mais presque.

— C'est bon? demande maman.

— Mon poulet est un peu piquant, mais il est délicieux, dis-je en plantant mes dents dans la poitrine juteuse.

— Meilleur que mon poulet du dimanche?

— Euh! Pareil.

Il paraît qu'un petit mensonge est acceptable quand il est utilisé pour éviter de faire de la peine à quelqu'un...

À la table voisine, on célèbre un anniversaire. Il doit y avoir vingt-cinq personnes. C'est amusant de les espionner un peu, mine de rien. Découvrir comment vivent les autres est l'aspect le plus intéressant des voyages, je trouve. Tiens, voilà que la dame dont c'est l'anniversaire se lève. À ma grande surprise, elle se met à chanter. Une chanson très jolie que je crois avoir déjà entendue quelque part.

> *Summertime,*
> *And the livin' is easy*
> *Fish are jumpin'*
> *And the cotton is high*

Mais où ?

> *Your daddy's rich*
> *And your mamma's good lookin'*
> *So hush little baby,*
> *Don't you cry*

—Cette chanson s'intitule *Summertime*, me renseigne maman qui a évidemment les larmes aux yeux. C'est un classique de la musique américaine. Nous en avons une version à la maison. Tu la reconnais ? Quel chef-d'œuvre !
—Tu trouves ?

Oups! J'aurais dû la reconnaître puisque maman fait jouer cette chanson sur son tourne-disque vinyle au moins une fois par mois! Le pire, c'est que, pour une fois, je suis assez d'accord avec elle. La dame a une voix tout à fait envoûtante. Je me sens très heureuse tout à coup. C'est bon de fuir la routine parfois et de vagabonder plutôt que d'aller à l'école. Les cours de math me semblent soudain tellement loin... Ah! Je voudrais que cette semaine ne se termine jamais!

## 21 H

Quand nous rentrons à l'hôtel, l'employé de la réception nous aborde.

— *A message for you, Misses.*

Surprise, maman prend le bout de papier qu'il lui tend.

— Tiens, c'est Astrid qui demande que nous passions la voir.

— Les filles veulent sans doute nous parler de l'appartement qu'a visité Caroline cet après-midi. Je leur avais demandé de me tenir au courant. On y va?

— D'accord, mais quelques minutes seulement. Je vais en profiter pour leur manifester mon désaccord concernant votre petite escapade d'aujourd'hui.

—Maman! Tu ne vas pas me faire honte, j'espère!

—Mais non! Calme-toi.

C'est une Astrid pâle comme un linge qui nous ouvre la porte de la chambre numéro 224.

—Oh! Juliette, madame Bérubé! Merci d'être venues. Avez-vous vu Caroline ce soir?

—Euh! non. Pourquoi?

—Il semble qu'elle ne soit pas revenue à l'hôtel de l'après-midi. Personne ne l'a vue depuis que nous l'avons laissée à la station de métro cet après-midi. Il est 21 h et je suis très inquiète! Ce n'est pas le genre de Caroline de rentrer si tard.

—Oh!

—Connaît-elle quelqu'un d'autre à New York en dehors de nous trois? demande maman en entrant résolument dans la pièce.

—Non. Personne.

—À l'exception de Troy et de ses frères, dis-je.

—C'est vrai. Il y a Troy et ses frères. Mais nous les connaissons si peu...

—Vous avez revu ces garçons?

—Oui, mais juste comme ça. Ils sont très gentils, maman.

—Jusqu'à preuve du contraire, répond ma mère. Astrid, as-tu contacté le concierge avec qui Astrid avait rendez-vous cet après-midi?

— Oui. Il dit que Caroline ne s'est jamais présentée pour voir l'appartement.

— As-tu appelé la police ?

— Pas encore, je... je suis tellement effrayée ! Vous croyez qu'il peut lui être arrivé quelque chose, madame Bérubé ? Oh ! mon Dieu ! Je ne sais pas quoi faire !

— Là, je suis là, murmure doucement ma mère en lui tendant les bras.

Du haut de ses dix-neuf ans, Astrid fond en larmes dans les bras de maman.

## 21 H 15

Nous sommes toutes les trois dans le hall.

— L'employé de la réception dit que la police ne prendra probablement pas notre déposition à moins de vingt-quatre heures depuis la disparition. Cela nous mène à demain après-midi. Pas question d'attendre jusque-là ! lance ma mère.

Quand elle prend cet air déterminé, *watch out*[L] !

— Quoi qu'il en soit, il m'a écrit l'adresse du poste de police le plus près. Alors, allons-y !

— Mon Dieu, madame Bérubé ! Je n'aurais jamais dû la laisser y aller seule !

— Ne t'en fais pas trop, Astrid, répond maman. Ce n'est pas ta faute.

—Moi, je suis persuadée qu'elle va bientôt passer cette porte et nous demander pourquoi nous faisons ces têtes d'enterrement, dis-je, dans un vain effort pour détendre l'atmosphère.

—Je souhaite de tout cœur que tu aies raison, Juliette !

## 22 H 30

Ensemble, nous poussons la lourde porte du poste de police. Astrid a apporté une photo de notre amie. Le hall est plein de monde. Des hommes, des femmes, des enfants. Ils ont l'air d'attendre je ne sais quoi. Un policier installé dans une sorte de guichet protégé par une vitre nous demande ce que nous voulons. Maman prend l'initiative et explique la raison de notre présence. Le policier a l'air plutôt gentil, mais il ne semble pas très bien comprendre la situation. Après nous avoir écoutées, il nous pose quelques questions. Qui Caroline connaît-elle ici ? Quel genre de fille est-elle ? Du genre à disparaître pour aller s'amuser sans donner de nouvelles ?

—*Certainly not !* répond Astrid, courroucée.

Comme le supposait l'employé de l'hôtel, le policier refuse tout d'abord de prendre la déposition de maman et d'Astrid sous prétexte que

Caroline a dix-huit ans et qu'aucune d'entre nous n'a de lien de parenté avec elle. Maman insiste tant qu'il finit par nous donner un formulaire à compléter. Astrid et ma mère s'en occupent et tendent ensuite le papier à l'agent. Celui-ci y colle la photographie de Caroline, appose un sceau sur le tout et nous donne congé. Avant d'avoir eu le temps de protester, nous sommes sur le trottoir, la larme à l'œil. Nous ont-ils seulement crues ?

— Quoi, c'est tout ? s'étonne Astrid, incrédule.

— Pour ce soir, j'ai bien peur que oui, confirme maman. Le mieux que nous puissions faire est sans doute de retourner à l'hôtel maintenant, au cas où Caroline serait de retour, hein ?

Son ton est encourageant. Ma mère sait généralement quoi faire dans toutes les situations.

## 23 H 45

De retour à l'hôtel, nous n'y trouvons aucune trace de Caroline. Le cauchemar ! Comme il n'est pas question de laisser Astrid toute seule, maman propose que nous allions dormir dans la chambre des filles. Il y a deux lits à deux places, nous ne serons pas à l'étroit. Une fois que nous sommes couchées, le sommeil tarde à venir, d'autant plus que maman et moi partageons le lit de Caroline sans savoir ce qu'il est advenu de la jeune fille... Soudain, je voudrais être ailleurs. J'aimerais m'endormir et me réveiller dans mon lit, prête à monter dans le bus et à retourner faire des maths à l'école !

## *Dimanche 5 avril*

**7 H**

Caroline a disparu ! C'est la première pensée qui me vient à l'esprit quand j'ouvre les yeux en ce matin de Pâques. *OMG !* Est-ce vraiment Pâques ? Mais oui, puisque nous sommes dimanche ! Oh là là ! Quelle horrible histoire ! Lorsque je sors du lit, maman est déjà sous la douche. Elle émerge de la salle de bain, les cheveux encore humides.

— Dépêche-toi de te préparer, ma pucette. Astrid est descendue à la réception vérifier si quelqu'un ne nous a pas laissé un message et je lui ai également conseillé d'en profiter pour téléphoner aux parents de Caroline, en Suisse. Elle donne ses coups de téléphone en privé depuis notre chambre. Je n'ai pas voulu la décourager, mais, si la police ne fait rien, il va falloir agir par nous-mêmes aujourd'hui.

— Que veux-tu dire ?

Je suis un peu effrayée à l'idée de partir à la chasse aux kidnappeurs avec ma mère et Astrid pour seules armes !

— En pleine matinée de Pâques, je ne crois pas que nous prenions un trop grand risque en allant à l'adresse où Caroline devait se rendre hier après-midi pour vérifier si quelqu'un l'a vue. Ça ne pourra certainement pas nuire non plus de visiter le poste de police local, mais, avant toute chose, je vous emmène déjeuner. Personne ne peut avoir les idées claires s'il a l'estomac vide.

## 8 H 30

Restaurant Pershing Square. Maman m'a commandé une assiette de crêpes choco-bananes, mais je n'ai pas vraiment d'appétit. Astrid touche à peine à son bagel et maman n'a mangé que la moitié du sien. Jamais vu un petit déjeuner de Pâques plus triste...

## 9 H

Aujourd'hui a lieu le défilé de Pâques sur la 5$^e$ Avenue. À ne pas confondre avec un défilé traditionnel, cependant. En sortant du restaurant, nous tombons en plein dedans. Depuis le milieu

du XIX$^e$ siècle, les New-Yorkais ont l'habitude de défiler sur la 5$^e$ Avenue, le jour de Pâques, parés de leurs plus beaux habits et surtout de chapeaux. Pas de chars allégoriques ou de fanfares donc, mais… des couvre-chefs à profusion. De nos jours, l'événement est l'occasion d'exposer des chapeaux tous plus farfelus les uns que les autres. Des coiffes multicolores et fleuries, extravagantes et fantaisistes. Plus c'est haut et gros, plus c'est beau ! Certains chapeaux sont en forme de corbeille de fruits ou de nid d'oiseau, d'autres représentent des lapins ou des gâteaux à plusieurs étages... Si je n'étais pas si désemparée, tous ces excentriques New-Yorkais me feraient bien sourire, mais j'ai mal à la tête et mon esprit va dans tous les sens. Jusqu'à ce que je le voie !

— Troy !

Couronnés de chapeaux melon, Troy et ses frères sont en train de déballer leurs affaires.

— Ethan !

Je n'aurais jamais cru être si heureuse de revoir l'adolescent et son petit frère.

— Ce n'est pas le moment, là, Juliette ! lance maman avec un soupir exaspéré.

— Accordez-nous un instant, s'il vous plaît, madame Bérubé ! intervient Astrid. Vous ne le saviez sans doute pas, mais les quatre frères vivent dans Queens. Ils pourront peut-être nous renseigner ! Salut Sammy, lance-t-elle en s'approchant du jeune homme aux tatouages dont le visage s'illumine à sa vue. Pouvons-nous parler une minute ?

— *Sure*, mon amie !

— Comment vas-tu ? me demande Ethan en m'embrassant sur la joue.

Je suis si contente de voir des visages amicaux que je ne pense même pas à m'offusquer de la familiarité de l'adolescent.

David s'avance vers nous, l'air de chercher quelqu'un.

— *Where is your friend with the red hair ?* dit le garçon en scrutant la foule qui nous entoure.

C'en est trop. Astrid et moi fondons en larmes brusquement. Soudain, c'est carrément le déluge ! J'ai le nez qui coule, Astrid hoquette misérablement, et ni l'une ni l'autre ne sommes en mesure de nous expliquer clairement. Pas facile de parler quand les larmes nous empêchent de voir à plus de dix centimètres devant nous, que nos lèvres tremblent et qu'on a de la difficulté à respirer normalement.

## 9 H 30

David, Troy, Sammy et Ethan nous couvrent d'attentions. Maman a eu la présence d'esprit de suggérer que nous allions tous nous asseoir dans Bryant Park pour discuter tranquillement. Astrid et moi réussissons à raconter les circonstances de la disparition de Caroline aux garçons. Comme nous l'avions pressenti, ils nous proposent immédiatement de nous aider à la retrouver. David, l'aîné, est extraordinaire de gentillesse et de sollicitude. Quand Astrid lui donne l'adresse exacte où Caroline devait se rendre, il pousse une exclamation et dit qu'il connaît très bien cet endroit.

— *It's a public housing*, c'est-à-dire un immeuble qui appartient à la Ville de New York et où les logements sont loués à coût modique. Il s'y passe souvent de drôles de choses. C'est là-bas que nous devons d'abord aller, affirme-t-il.

Que ça fait du bien de pouvoir se confier à des amis! Je suis immensément soulagée à la pensée que maman, Astrid et moi n'aurons pas à aller là-bas toutes seules. Sans plus attendre, nous nous dirigeons tous les sept vers la station de métro afin de prendre la ligne mauve vers Queens.

— Mes frères et moi sommes tous nés dans Queens, me raconte Ethan, les yeux brillants de fierté. On habite avec notre grand-mère.

Je n'ose pas lui parler de sa mère, puisque, le jour où je les ai rencontrés, Troy m'a précisé qu'elle était décédée. Alors, je lui demande:

— Et ton père?

— Oh, lui! me répond-il en haussant les épaules. Il a complètement disparu après la mort de notre mère, quand Troy n'était encore qu'un bébé.

— Nous lui avons appris à danser alors qu'il savait tout juste marcher, nous explique Sammy avec un grand sourire.

—Ils rêvent qu'un jour, un impresario nous remarque, ajoute Troy, en faisant une pirouette. Alors, je danserai sur les scènes de Broadway!

—Mais nous devrons travailler fort pour y arriver... conclut David.

Ma mère, qui n'aime rien tant que de rencontrer des gens dans les pays que nous visitons, semble ravie de la tournure des événements et boit littéralement les paroles des quatre garçons.

—Quel vœu formidable! acquiesce pour sa part Astrid, qui rêve, elle aussi, de devenir danseuse étoile.

Comme je leur souhaite à tous que leurs espoirs se réalisent! Mais, pour le moment, je ne pense plus qu'à Caroline. Ce sont ses rêves à elle qui sont peut-être menacés. Le trajet entre la 5$^e$ Avenue et Queens est très long. Pour passer le temps, David nous parle de son quartier. Queens est l'un des cinq arrondissements (*boroughs*) de la ville de New York et plus de deux millions de personnes y habitent, nous apprend-il. Il est aussi le plus étendu et le plus multiethnique. Des immigrés en provenance de tous les continents viennent s'y installer chaque mois et on y entend parler une centaine de langues.

—Wow!

— Il y a de très beaux quartiers dans le district de Queens, mais certaines parties sont malheureusement réputées pour leur pauvreté et leurs ghettos, poursuit Sammy. Ces endroits ne sont pas recommandables, surtout pour les étrangers.

— C'est le cas de l'endroit où Caroline est allée ? demande maman.

— En fait, l'immeuble où votre amie avait rendez-vous est sous le contrôle d'un gang de rue appelé les Bloody, précise David. Des voyous ! Je suis d'ailleurs très surpris que vous ayez trouvé une petite annonce à la Juilliard School annonçant un logement à louer dans cet immeuble. Je me demande si vous n'avez pas tout simplement fait une erreur en recopiant l'adresse, parce que la rue juste à côté a un voisinage bien meilleur.

— Quelle horreur ! s'exclame Astrid.

— C'est trop affreux, dis-je, au bord des larmes.

Se voulant rassurant, Ethan sourit et pose gentiment sa main sur la mienne.

— T'inquiète pas, on la retrouvera, dit-il.

En sortant du métro, Astrid, maman et moi pénétrons dans un monde qui nous était jusqu'alors inconnu. Après le glamour de Manhattan, cette partie de Queens est beaucoup moins accueillante. Les façades des maisons ont un aspect misérable, on voit des chats errants un peu partout et les gens marchent d'un pas rapide, sans regarder ni à droite ni à gauche, comme s'ils n'avaient qu'un désir, rentrer chez eux au plus tôt!

— Maintenant, qu'est-ce qu'on fait?

Ma voix tremble légèrement.

— Venez par ici, dit David en nous entraînant dans une petite rue derrière la station de métro.

Nous nous arrêtons devant une maisonnette. Seule au milieu des immeubles, elle paraît un peu étrange. La façade est en brique rouge presque noire. Les fenêtres auraient bien besoin d'être changées ou repeintes, de même que la porte qui a connu des jours meilleurs. Je vois maman frissonner et, à son air, je comprends qu'elle se demande dans quelle galère nous nous sommes encore embarquées.

— Ne devrions-nous pas plutôt aller directement à la police? suggère-t-elle en regardant David occupé à sortir un porte-clés de sa poche.

Sans répondre tout de suite, ce dernier introduit une clé dans une serrure, puis une autre clé dans une deuxième serrure. La porte s'ouvre sur une entrée sombre. Maman me prend la main tandis que David tend le bras pour nous inviter à entrer.

— Vous serez en sécurité ici, déclare-t-il en souriant. Entrez! Allez, n'ayez pas peur.

Une toute petite vieille dame vêtue d'une robe à motif fleuri vient à notre rencontre. Son visage est ridé comme une vieille pomme, mais son sourire est si accueillant et chaleureux qu'elle nous met tout de suite à l'aise. Elle a la bonté inscrite sur la figure.

—*Antre, Antre!* dit-elle en créole et en faisant de grands gestes de bras accueillants.

Elle se tourne vers David.

—Tu aurais dû m'avertir que tu amenais de la visite, j'aurais préparé davantage de *poul neg marron*!

—T'en fais pas, Grann, tu en fais toujours trop de toute façon. On va s'arranger. Ce sont des amies et elles parlent français, répond David en la prenant dans ses bras et en lui collant un baiser sur le front.

—Mes amies, je vous présente ma grand-mère. "Grann" veut dire "grand-mère" en créole haïtien.

—Enchantée, madame, la salue maman en souriant.

Elle s'avance la première pour serrer la main de la vieille dame.

—Ravie de faire votre connaissance, fait Astrid en tendant gracieusement la main à son tour.

—Euh! Bonjour.

Comme d'habitude, je suis plantée là, paralysée et ne sachant que dire, incapable de prononcer une seule parole intelligente et me contentant de sourire béatement, la figure rouge comme un camion de pompiers.

— Appelez-moi **Grann**, je vous en prie, mes petites, et entrez, entrez, poursuit la vieille dame en agrippant chaleureusement le bras de ma mère pour la tirer vers elle. Vous êtes ici chez vous.

L'intérieur de la maison est modeste, mais d'une propreté immaculée. Debout au milieu de la cuisine, nous écarquillons les yeux de curiosité. David et sa grand-mère commencent à parler rapidement en créole, alors je ne comprends plus rien. La vieille dame hoche d'abord la tête d'un air désolé, puis elle pousse un cri indigné et, enfin, elle nous regarde toutes trois avec compassion et dit :

— Ne vous en faites pas, mes toutes petites, les garçons vont retrouver votre amie. Allez, venez vous asseoir, fait-elle en regardant toujours ma mère et en pointant les chaises autour de la table.

Je me demande quel effet ça fait à maman de se faire appeler « ma petite ». J'espère de tout cœur que la grand-mère dit vrai et que les choses ne vont pas plutôt empirer ! Astrid est pâle comme un linge et j'ai presque peur qu'elle ne s'effondre.

Sammy a dû s'en rendre compte, parce qu'il approche une chaise au moment même où ses genoux commencent à ployer sous elle.

Pauvre Astrid! Après la perte de son portefeuille et la disparition de sa meilleure copine, il ne manquerait plus qu'elle se casse le cou! Bon sang! C'est avec ce genre de pensée qu'on attire la guigne. Vite, il faut que je pense à autre chose! Ça y est: elle a vraiment l'air cool, la grand-mère!

### 11 H

David empoigne le téléphone à fil accroché au mur, comme dans les vieux films, et il passe plusieurs appels en quelques minutes. Il parle très vite et mélange l'anglais, le français et le créole, ce qui fait que je ne comprends pas grand-chose, si ce n'est qu'il demande vraisemblablement conseil à des copains. Connaît-il personnellement des membres de la bande? À un moment donné, il se met à crier comme s'il s'engueulait avec quelqu'un. Il donne environ une demi-douzaine de coups de téléphone avant de se tourner vers nous, l'air grave.

— Nous allons chercher Caroline! Vous, les filles, restez sagement ici avec Troy et Grann.

— Je vais avec vous, déclare maman en bondissant de sa chaise.

—Ce n'est absolument pas un endroit pour vous, madame. Croyez bien que je le regrette. Mais vous pouvez compter sur nous, nous ramènerons Caroline.

—Vous l'avez localisée ? demande maman.

—Je n'en suis pas certain, mais je pense bien que oui, répond le jeune homme.

—Je veux y aller ! Emmène-moi, David, supplie Troy en joignant ses mains.

—Pas question, tranche sévèrement son aîné avant de se tourner vers leur grand-mère. Si nous ne sommes pas de retour dans une heure, il faudra appeler les policiers et les envoyer à cette adresse.

Il lui tend le billet sur lequel Astrid a noté l'adresse de l'appartement où s'est probablement rendue Caroline. Ensuite, il échange encore quelques mots en créole avec sa grand-mère. Celle-ci semble un peu inquiète et je comprends qu'il essaie de la rassurer. Puis, après un salut de la main, il tourne les talons et quitte la maison en compagnie de ses deux frères, malgré les cris de protestation de Troy. Avant de sortir, Ethan me lance un clin d'œil qui me fait rougir de la pointe des pieds jusqu'à la racine des cheveux. La grand-mère prend tendrement Troy dans ses bras pour l'empêcher de s'enfuir, et se tourne vers nous.

— Que diriez-vous d'un verre de limonade dans mon jardin ? propose-t-elle.

Devant notre air découragé, elle lève la main en signe d'apaisement.

— Laissez faire les garçons, ils savent très bien ce qu'ils font. Cessez de vous inquiéter. Allez, venez !

Plus facile à dire qu'à faire, pensons-nous toutes les trois sous nos mines d'enterrement.

Le jardin de Grann est petit, mais charmant. Une table de plastique blanc, dont un des pieds a été remplacé par un vieux bâton de baseball, et cinq chaises qui ont dû en voir de toutes les couleurs nous accueillent. Maman ne cesse de pousser des exclamations admiratives, ce qui a l'air de plaire à la grand-mère. Tout autour, s'étalent des centaines de variétés différentes de plantes et de fleurs odorantes. Mais le clou du jardin est sans doute le magnifique magnolia rose qui procure une ombre bienfaisante. On a peine à se croire en pleine ville. De plus, la limonade de Grann François (c'est son nom de famille) est l'une des meilleures qu'il nous ait été donné de goûter. Sucrée à point et additionnée d'un soupçon de cannelle, elle est vraiment rafraîchissante.

— Quand même, ils auraient dû m'emmener, bougonne Troy en hochant tristement la tête. Je suis certain que j'aurais pu être utile !

Aucune de nous ne songe à lui répondre, tellement nous sommes soucieuses. Pour nous changer les idées, la vieille dame propose de nous raconter l'histoire de sa vie. Personne n'ose refuser.

—Je suis née à Port-au-Prince, en Haïti. C'est une île des Antilles très jolie, mais aussi très pauvre. Lorsque j'ai eu onze ans, mon père, qui était professeur de musique, a décidé d'émigrer. Il pensait que la vie serait meilleure pour mes frères et moi si nous avions la chance de grandir aux États-Unis d'Amérique. Il fallait entendre avec quelle fierté il prononçait ces mots : *United States of America* ! Mon père, ma mère, mes deux frères aînés et moi avons donc quitté notre île chérie en 1951 pour nous installer ici, dans Queens, où papa a tout de suite trouvé du travail dans un collège pour garçons.

Grâce à l'accent sans pareil de Grann, on se croirait presque transportées dans un autre lieu et, soudain, le temps suspend son vol. Même maman est subjuguée.

—Vous voulez encore de la limonade, mes enfants ?

—Non, non ! Elle est délicieuse, mais, je vous en prie, continuez, Grann, demande Astrid qui a repris quelques couleurs.

— Je n'oublierai jamais le jour où nous sommes arrivés à Ellis Island. C'était en avril 1951, un jour de Pâques justement. Oh! Ma première impression a été qu'il faisait incroyablement froid par ici. Et puis, la statue de la Liberté, posée à Liberty Island, toute proche, m'est apparue à la fois magnifique et terrifiante. À l'époque, tous les immigrants devaient passer un examen médical dès leur sortie du bateau. Ceux qui présentaient des signes de maladie étaient renvoyés dans leur pays ou gardés à l'hôpital de l'île, souvent pour une longue période. Plusieurs y mouraient. Après la visite médicale, on nous posait une série de 29 questions. Quels étaient nos nom et prénom, le nom de nos parents, notre âge, nos années d'école, les maladies dont nous avions souffert et la quantité d'argent que nous avions avec nous. Ceux qui n'étaient pas malades et qui avaient de l'argent étaient acceptés immédiatement et ne passaient que quelques heures sur l'île. Mais plus de 3 000 immigrants sont morts à l'hôpital de l'île, et certaines personnes ont été renvoyées parce qu'on ne voulait pas qu'elles viennent grossir les rangs des chômeurs. Ça crevait le cœur. À cette époque, Ellis Island était surnommée "The Island of Tears", l'île des larmes. Ma famille et moi avons eu de la chance. Pour ça oui, beaucoup de chance! Après un séjour d'une nuit à Ellis Island, mon père nous a emmenés ici. Le quartier était bien différent à l'époque, accueillant et habité par d'honnêtes travailleurs et de nombreuses familles. Il faut dire que c'était il y a longtemps déjà.

Elle hoche tristement la tête avant de reprendre :

— Mon père est décédé dans un accident d'automobile, dix ans après notre arrivée ici. Il venait de s'acheter une nouvelle voiture, une Buick, aussi bleue et rutilante que la mer d'Haïti en été. Il en était tellement fier! Ma mère, dont le cœur était meurtri par le chagrin, n'a pas tenu le coup bien longtemps après le décès de son époux bien-aimé. Elle a succombé à un arrêt cardiaque un an jour pour jour après la mort de papa. J'avais vingt-deux ans et je venais tout juste d'épouser mon beau Noah. L'amour de ma vie.

Émue, Grann fait une petite pause. Troy glisse sa main dans la sienne. C'est beau de voir combien ces deux-là s'aiment.

— Mon mari, qui était maçon, a acheté cette maison peu de temps après notre mariage, poursuit-elle. Le quartier était si beau alors! La plupart des familles étaient originaires des Antilles. Il y avait des gosses qui couraient partout et qui jouaient des tours en s'exprimant en français, en créole ou en espagnol.

Une ombre passe sur son visage froissé par les épreuves.

— J'ai eu beaucoup de mal à avoir des enfants. J'ai fait trois fausses couches avant d'avoir la joie de vivre la naissance de Lucrèce, la maman des garçons. Toutefois, l'accouchement ne s'est pas très bien passé, alors le médecin m'a annoncé que je ne pourrais pas avoir d'autres enfants après elle. Elle a été toute notre joie, à Noah et moi ! Il faut dire que cette enfant était un vrai rayon de soleil. Son père l'adorait. Le pauvre, Dieu ait son âme, est décédé peu de temps avant le mariage de sa chère petite. Il avait le cœur fragile. C'est sans doute mieux ainsi parce que, malheureusement, elle a fait un mauvais mariage.

Une larme coule sur la joue de la grand-mère. Touchée, ma mère lui prend l'autre main.

— Son père en serait mort de chagrin, continue Grann. Le bon à rien avec qui notre Lucrèce s'est mariée était alcoolique en plus d'être coureur. Il était serveur dans un restaurant près d'ici et passait son temps à s'engueuler avec tout le monde. Ça n'a pas été très long avant que le patron ne le fiche à la porte ! Après, il n'a plus jamais gardé un emploi plus de trois semaines. Et puis, il y a eu la crise économique et le chômage qui vient avec et le quartier s'est mis à changer. Les gens n'arrivaient plus à payer leur loyer ou à nourrir convenablement leurs enfants. Ma Lucrèce était désespérée, d'autant plus qu'elle a eu quatre petits. Son vaurien de mari a pris la fuite quand elle est décédée d'une longue maladie, peu de temps après la naissance de Troy. Heureusement, tous les quatre sont de bons garçons. Ils ressemblent à leur mère ! Ces enfants sont tout ce qu'il me reste aujourd'hui, conclut-elle.

— C'est une histoire bien triste, Grann ! dis-je.

— Pas du tout. Mes garçons ont beaucoup de talent. Ils vont dans une école de danse le jour et dansent le soir dans un théâtre de Broadway. Ils seront célèbres un jour, vous savez ! Et ils épouseront sans doute de grandes danseuses.

— Oh !

— Oui, c'est certain, acquiesce maman avec générosité.

Je suis bouche bée ! Ainsi, la grand-mère ne sait pas que ses petits-fils passent leurs journées et leurs soirées sur les trottoirs de Manhattan ! Soudain, j'ai une bouffée de tendresse pour ma propre mère qui, bien qu'elle m'énerve de temps en temps, s'occupe si bien de moi que je n'ai à me préoccuper d'à peu près rien d'autre, dans la vie, que de vider le lave-vaisselle, faire mon lit et remettre mes devoirs à temps...

## 12 H

Nous n'avons pas vu le temps passer, mais il est bel et bien midi et nous n'avons toujours pas de nouvelles de David, Sammy et Ethan... ni de Caroline. Astrid joue nerveusement avec les cordons de son sac à main, Grann se tord les mains et moi, je refuse de rester assise une seconde de plus, aussi intéressantes que soient les histoires de Grann. Décidée à en finir, je saute sur mes pieds et m'écrie :

—Allez ! Ou on y va, ou on appelle la police !

—Faisons les deux, tranche maman. Grann, appelez la police immédiatement. Il y a une heure que les garçons sont partis. Quant à nous trois, dit-elle en nous regardant, Astrid et moi, je suggère que nous allions faire un petit tour de reconnaissance. Il est midi le jour de Pâques, ça ne peut pas être si dangereux si nous restons dans la rue à la vue des passants. Grann, où se situe exactement l'adresse qui est sur le papier que vous a donné David ?

—C'est à deux pas d'ici, ma chérie, répond la vieille dame en lui rendant le papier. Il faut tourner le coin, au bout de ma rue, et c'est le deuxième immeuble sur votre droite. C'est là que vivent les Bloody.

—Les Bloody? Mais qui sont-ils exactement? demande Astrid.

—Ce sont de petites terreurs qui essaient de faire la loi dans le quartier, explique Grann. De petits voyous mal élevés sans aucun sens de l'honneur. Une vraie plaie!

—Bon! fait maman en soupirant. On va jeter un coup d'œil et on se replie si les affaires se gâtent.

—Je viens avec vous! s'écrie Troy en bondissant de sa chaise.

—Pas question! réplique ma mère d'un ton qui ne supporte aucune protestation. Ne bougez surtout pas d'ici, Troy et vous, Grann. Appelez les policiers dès que nous serons sorties. Dites-leur qu'une jeune touriste a été enlevée, que vous pensez savoir où elle est et que vos petits-fils partis à sa rescousse sont en danger. Donnez-leur l'adresse et attendez notre retour. D'accord?

L'air aussi peu rassurée que nous, Grann hoche lamentablement la tête.

—D'accord. Je téléphone tout de suite. Faites attention à vous surtout!

—Nous serons très prudentes. À tout à l'heure, répond maman en l'embrassant.

Astrid et moi faisons de même avant de tourner les talons d'un pas mal assuré. Non, mais, quelle galère! On m'y reprendra à voyager avec ma mère!

La rue nous semble encore plus inhospitalière sans Troy et ses frères. Suivant les indications de Grann, nous cherchons des yeux l'adresse mentionnée. Une fois sur place, nous réalisons qu'il s'agit d'un très gros immeuble aux fenêtres sales. Je compte cinq étages et il doit bien y avoir huit ou dix logements par étage! Les fenêtres du rez-de-chaussée comportent des barreaux. Par contre, la porte d'entrée est grande ouverte. Nulle trace de David, Sammy ou Ethan. N'écoutant que son courage, maman s'enhardit à mettre le pied dans l'entrée. Nous l'observons sans bouger. Soudain, un cri perçant déchire l'air.

—Aaaahhh!

—C'est Caroline! s'exclame Astrid sans hésitation.

N'écoutant que son courage, la jeune fille s'élance pour rejoindre ma mère et se met à tambouriner à la porte du premier étage d'où semblent provenir les hurlements. Un tapage épouvantable s'ensuit, puis on entend d'autres cris. Des cris d'hommes, cette fois, suivis de bruits de bataille et de ce qui semble être un coup de feu. Je pousse un cri de frayeur, tandis que maman et Astrid tournent les talons et reviennent à la hâte sur le trottoir.

Au même moment, des sirènes de police retentissent. Plusieurs voitures apparaissent avant de s'immobiliser devant l'immeuble en faisant crisser leurs pneus.

—*Everybody, hands up!* ordonnent en chœur les policiers en descendant en trombe de leurs voitures.

—Ils doivent bien être une douzaine, dis-je avec soulagement.

—Plus! On se croirait dans un film, laisse échapper Astrid dans un minifilet de voix.

Sans plus attendre, les mains en l'air, nous nous empressons d'aller rejoindre les policiers pour nous expliquer. Deux par deux, à la queue leu leu, les agents prennent l'immeuble d'assaut. Les deux premiers enfoncent la porte de l'appartement du premier étage, tandis que six autres pénètrent à l'intérieur, arme au poing. D'autres policiers montent la garde à l'extérieur. Deux d'entre eux nous prennent en charge.

—*What's going on here? Who are you?* demande un agent en s'adressant à maman.

Celle-ci commence à raconter toute l'histoire, aidée par Astrid qui fait de son mieux, malgré les sanglots qui menacent de l'étouffer. Mais qu'est-il arrivé à Caroline? Et aux garçons? Après dix minutes qui nous semblent durer deux heures, les policiers entrés plus tôt réapparaissent dans l'embrasure de la porte de l'immeuble maudit. Ils escortent sept gaillards à la figure malveillante et aux muscles proéminents, tous vêtus de noir et portant un t-shirt qui arbore une tête de mort. Trois d'entre eux sont aussi grands que les joueurs de basket de l'équipe des Knicks de New York et deux ressemblent à des lutteurs de sumo !

Au loin, on entend encore des sirènes. Trois ambulances et un fourgon cellulaire arrivent simultanément. Je continue de scruter attentivement l'entrée où se sont engouffrés les policiers qui montaient la garde à l'extérieur. Ils en ressortent bientôt, escortant Sammy, David et Ethan. Sammy boite, Ethan se tient le bras gauche en grimaçant et David, qui a un vilain œil au beurre noir et la lèvre boursouflée, regarde constamment derrière lui. Dieu soit loué, ils sont vivants ! Mais, et Caroline ? Le dernier policier à sortir porte dans ses bras quelque chose, enveloppé dans un plaid. Soudain, une mèche rousse s'échappe de la couverture.

— CAROLIIINE !

J'ai poussé un cri susceptible d'être entendu jusqu'à Broadway. Plantant là le policier en train de l'interroger, Astrid se précipite vers son amie.

—*She was more frightened than anything else*, dit l'homme avant de la déposer précautionneusement sur une des civières apportées par les ambulanciers.

—Caroline, t'ont-ils fait du mal? demande Astrid.

—Ils m'ont enfermée dans une petite pièce où ils m'apportaient à boire et à manger, répond la jeune femme, visiblement ébranlée. Je crois que j'ai dû me tromper d'adresse. Il n'y a jamais eu d'appartement à louer ici. David et ses frères ont essayé de me sortir de là, mais ils ont été pris à leur tour. Oh! Astrid, je les entendais tout le temps parler au téléphone. Je crois qu'ils essayaient de me vendre sur le marché de la traite des blanches!

Et elle éclate en sanglots au moment où un caméraman, sorti d'on ne sait où, filme la scène spectaculairement éclairée par les gyrophares aveuglants, tandis qu'un reporter commente:

—*A terrible adventure for three rash French girls this Easter week-end in Queens...*

Tout un week-end de Pâques!

# Lundi 6 avril

### 12 H 30

Nous avons fait la grasse matinée ce matin. Après ce qui s'est passé hier, ça se comprend. Caroline dort toujours, tandis qu'Astrid, maman et moi prenons notre petit déjeuner dans la chambre du 21$^e$ étage. Une horde de journalistes à l'affût de déclarations et d'images à sensation campent devant l'entrée principale de l'hôtel. Astrid et Caroline ont téléphoné à leurs familles en Europe avant d'aller au lit. Avec le décalage horaire, la matinée était déjà avancée lorsqu'elles les ont jointes. Furieux en apprenant les risques encourus par les deux jeunes filles, les parents de Caroline ont d'abord exigé qu'elle prenne le premier avion pour la Suisse. Il a fallu que maman prenne l'appareil pour leur parler. Allez savoir comment, mais elle a fini par les convaincre que leur fille était dorénavant en sécurité. Le père a tout de même déclaré qu'il viendrait se rendre compte de la situation lui-même et qu'il en profiterait pour leur prêter main-forte dans la recherche d'un logement dès cette semaine.

Les parents d'Astrid ont paru réellement soulagés d'apprendre que le père de Caroline prendrait la situation en main. « Vous auriez pu disparaître à tout jamais toutes les deux », a dit la mère d'Astrid. « Elle a bien raison, a renchéri maman. New York est formidable, mais il ne faut jamais prendre de risques inutiles dans une ville inconnue. » Pour ma part, j'en frissonne encore. Astrid et Caroline se sont excusées de m'avoir entraînée dans cette histoire et leur air piteux a fait fondre le cœur de maman. « Vous êtes toutes trois saines et sauves, c'est ce qui est important », a-t-elle conclu en nous serrant dans ses bras. J'ai une mère formidable !

Ce qui nous préoccupe maintenant, c'est ce qu'il est advenu de David, Sammy, Ethan et Troy.

« Pourvu que toute cette histoire ne leur cause pas d'ennuis supplémentaires », a dit Caroline, à qui l'hôpital a donné son congé dans la soirée. Elle a réellement eu plus de peur que de mal. « David a été fantastique, nous a-t-elle raconté. Il s'est battu tant qu'il a pu pour me délivrer, mais ces bandits étaient trop nombreux et le pauvre n'a pu faire le poids quand ils se sont mis à lui taper dessus. Quant à Sammy et Ethan, ils ont reçu plus de coups qu'ils n'ont pu en remettre. C'était horrible ! »

Ethan semblait s'être fait mal au bras et Sammy, à la jambe. J'espère que ce n'est rien de grave ! Comme Astrid et moi sommes montées dans l'ambulance avec Caroline, nous les avons perdus de vue et nous ne savons pas où ils ont été emmenés. Ensuite, nous avons également dû aller au poste de police afin de raconter la même histoire un nombre incroyable de fois à autant de policiers avant de retourner au chevet de Caroline. Pourvu que cette aventure ne cause pas d'ennuis à nos nouveaux amis. Pauvre Ethan, il a besoin de tous ses membres pour réussir les formidables figures qu'il exécute lorsqu'il danse... Pourvu surtout que ses frères et lui n'aient pas été grièvement blessés.

J'en suis là de mes réflexions lorsque le téléphone sonne. Maman répond.

— Oui ? Hum ! Très bien et vous ? Caroline dort encore, mais les filles sont avec moi et tout le monde va bien. Hum, je ne sais pas. Non, non, Caroline va bien ! Ne vous inquiétez pas. Oui, bon. Quelle histoire, quand même ! C'est normal qu'elle soit sonnée. Laissez-moi leur en parler et je vous rappelle, voulez-vous ? Donnez-moi votre numéro de téléphone. Voilà, c'est noté. Merci. Au revoir !

Elle raccroche et dit :

— C'était David. Il dit que sa grand-mère nous invite tous pour manger. Un *poul neg marron*, ça vous tente ?

## 18 H 30

Ce que la vie peut être belle parfois ! Tout notre petit groupe est enfin réuni. Maman s'est prise d'une sincère affection pour Grann, qui le lui rend bien. Elles semblent avoir une infinité de choses à se dire. Le beau David roucoule de bonheur, assis aux côtés de Caroline qu'il appelle affectueusement « ma belle rousse ». Quant à Astrid, Ethan, Sammy, Troy et moi, nous avons un plaisir fou à discuter tous ensemble. Les garçons tentent de nous apprendre quelques mots de créole haïtien. Ça ressemble un peu au français, mais ce n'est pas plus facile pour autant !

Le *poul neg marron* de Grann est absolument délicieux. Il s'agit d'un plat de fête traditionnel à base de poulet, de légumes et de différents assaisonnements qui doivent mijoter ensemble une journée entière. Miam ! Le meilleur poulet que j'aie goûté de ma vie ! Je l'ai dit à Grann, et maman, bonne joueuse, n'a rien trouvé à redire. Il faut dire qu'elle se régale, elle aussi. Ethan a le bras en écharpe en raison d'une foulure au poignet gauche. Quant à Sammy, il devra se déplacer avec des béquilles pendant quelques jours à cause d'une entorse à la cheville. Pas de danse dans les rues pour les garçons pendant quelques jours, donc...

—Vous avez tous eu une chance inouïe de vous en tirer à aussi bon compte, déclare maman.

—Oui, acquiesce Grann en hochant la tête en signe d'approbation. Mes chers petits, que deviendrais-je sans vous ?

Les quatre garçons la regardent avec tendresse. Quelle jolie famille !

Il fait un temps splendide et nous sommes tous assis dans le jardin.

—Dites donc, les filles, commence David, on annonce encore plus chaud demain. Ça vous dirait de passer quelques heures à Coney Island ?

—Oh oui ! Hourra ! répondons-nous en chœur.

Quelle fantastique journée ! Et ce n'est pas fini !

# Mardi 7 avril

**14 H**

Coney Island est une ancienne île située à l'extrême sud de Brooklyn. L'île a été reliée à la cité vers 1870 tout de suite après la guerre de Sécession, par une ligne de chemin de fer et de tramway, m'a expliqué maman. Aujourd'hui, on peut s'y rendre en métro. Astrid, Caroline et moi y passons la journée en compagnie de David, Sammy, Ethan et Troy. Ma mère, qui a du travail, n'a pas pu nous accompagner. Je n'ai pas trop protesté… C'est notre dernier jour ici. J'aurais le cœur gros si ce n'était du bonheur que j'éprouve en ce moment. Quelle merveilleuse façon de conclure mon séjour à New York ! Je ne veux penser à rien d'autre qu'à la joie d'être là, en compagnie de mes nouveaux amis.

Seule ombre au tableau : ce matin, lorsque Astrid a enfin repris ses esprits et qu'elle a téléphoné à la dame de Brooklyn pour lui dire qu'elle et Caroline prendraient l'appartement de l'étudiant en médecine, celle-ci lui a annoncé qu'elle l'avait loué à quelqu'un d'autre, étant donné qu'elle n'avait pas eu de nouvelles dans le délai prévu.

— Nous voici revenues au point de départ, a dit Astrid en soupirant. Décourageant !

Longue de plusieurs kilomètres, la plage donne sur l'océan Atlantique. L'eau est glaciale toute l'année, disent les garçons, mais il est bon de s'asseoir sur le sable, et le soleil est drôlement chaud.

— La température est rarement aussi douce à cette époque de l'année, précise Sammy. Nous avons de la chance.

Caroline et Astrid ont apporté leur couverture à motifs indiens. C'est une chance qu'elle soit grande ! À sept, on est hyper tassés, mais personne ne songe à protester.

Nous avons d'abord passé la matinée à Luna Park, le parc d'attractions de Coney Island. Nous sommes montés tous les sept dans l'antique grande roue. Ou plutôt deux par deux, et Troy avec Caroline et David. Ça m'a fait tout drôle d'être assise près d'Ethan. Comme il m'a fait monter avant lui, et que son bras gauche est en écharpe, il n'a pas pu passer son bras autour de moi comme

l'ont fait David et Sammy avec Caroline et Astrid. Je ne saurais dire si j'en suis déçue ou soulagée… Il est gentil, en fin de compte. Il me fait rire tout le temps et je crois que je l'aime bien… Dire que je l'ai déjà traité de brute. J'ai honte!

Nous avons aussi essayé les montagnes russes et avons eu un plaisir fou dans les auto-tamponneuses. Le parc entier date du début du XX$^e$ siècle et plusieurs attractions, qui ont presque cent ans d'âge, sont en bois plutôt qu'en métal. C'est *full cute*!

Mais il y a aussi beaucoup de manèges modernes. Comme j'ai l'habitude d'avoir le mal des transports en avion, en autobus, en bateau, en voiture, voire en trottinette, je refuse sagement de monter à bord de ceux qui nous mettent la tête en bas. D'autant plus que je me rappelle avoir passé un mauvais quart d'heure la dernière fois que j'ai essayé. Qu'à cela ne tienne ! Je m'amuse follement et je voudrais ne jamais devoir me séparer de mes nouveaux amis !

À midi, nous sommes allés déguster des hot-dogs au célèbre stand du restaurant Nathan's Famous dont m'a parlé maman à notre arrivée à New York. Ce resto existe depuis 1916, si on se fie à son enseigne. Incroyable, non ? Il paraît que le patron organise un concours du plus gros mangeur de hot-dogs chaque année, le 4 juillet, jour de la fête nationale. Troy nous a fait bien rire en disant qu'il le gagnera certainement un jour. En tout cas, ils ne servent pas de poutine[L] chez Nathan's Famous. J'ai expliqué à Ethan ce que c'est et il a dit qu'il n'en a jamais entendu parler. Bizarre, non ? C'est peut-être typiquement québécois... C'est « certainement » typiquement québécois, ont renchéri Astrid et Caroline, qui ne connaissent pas non plus.

Puis les garçons ont voulu aller tenter leur chance aux différents stands de tir. Comme le bras droit d'Ethan est encore valide, il a mis les autres au défi de se mesurer à lui pour gagner un gigantesque ours en peluche. Il fallait lancer une balle de baseball dans un panier incliné et y mettre juste ce qu'il faut de force et d'adresse pour empêcher la balle de rebondir.

— Je me demande s'il n'y a pas un ressort caché sous le panier pour empêcher la balle de rester en place, s'est plaint David après plusieurs tentatives infructueuses.

— Cause toujours, mon frère, c'est toi qui n'as pas la touche[L], a rétorqué Ethan, moqueur.

Quoi qu'il en soit, Ethan y est arrivé, lui! Il a lancé la balle en plein dedans et elle n'a plus bougé. J'ai rougi comme une tomate trop mûre lorsqu'il m'a offert la peluche... mais j'étais très contente. C'est le plus gros ours en peluche que j'aie jamais eu! Je l'adore! En secret, je décide de l'appeler Ethan. Mais j'y pense, je me demande si on me laissera monter dans l'avion avec...

Nous passons le reste de l'après-midi couchés sur le dos, à admirer les quelques rares nuages qui paressent dans le ciel. Les garçons nous parlent de leur rêve d'être un jour des danseurs célèbres.

— Je pourrais enfin offrir à Grann la vie qu'elle mérite, explique David.

—Je suis certaine que ça finira par arriver, répond Caroline en serrant très fort les doigts autour de la main de David qui tenait déjà la sienne.

## 18 H

En rentrant à l'hôtel, j'ai du sable dans les cheveux et les larmes aux yeux. C'est ma dernière soirée à New York puisque nous rentrons chez nous demain, maman et moi. En faisant mes adieux à mes nouveaux amis, j'avais la gorge serrée et beaucoup de difficulté à contenir mon émotion.

—Ça fait malheureusement partie de la réalité de tous ceux pour qui le voyage est une passion, dit maman. On doit tout le temps dire adieu à des gens qu'on apprécie et à qui on s'est très vite attaché.

Rien pour me remonter le moral, vraiment!

—Alors, je déteste voyager!

—Ne dis pas cela, ma poussinette. Tu sais, il est très possible que tu les revoies tous un jour.

—Oui, mais en attendant, ça fait vraiment mal!

—Allez, pitchounette, viens là. Je te comprends, va.

Et me voilà qui tombe en pleurs dans ses bras.

## 19 H

Pour me consoler, maman a eu l'idée de m'emmener faire du lèche-vitrine autour de Broadway et Times Square, « et peut-être un peu de magasinage ». C'est ce qu'il y a de mieux à faire lors d'une dernière soirée à Manhattan, je crois! Comme c'est notre ultime tournée, je veux m'en mettre plein la vue. Maman est dans le même état d'esprit, quoique nous n'ayons peut-être pas la même définition de ce qu'est un lieu « inoubliable ». Alors que je propose de retourner chez Macy's, elle m'annonce qu'elle veut « absolument » passer chez Barnes & Noble. Il s'agit, tenez-vous bien, d'une LIBRAIRIE. Pas d'une boutique de mode ou d'une salle de spectacle, non, mais d'un magasin de livres. Sacrée maman! Allez, on y va!

Nous remontons donc Broadway vers le nord, c'est-à-dire vers Central Park. À chaque coin de rue je crois apercevoir danser Troy et ses frères. Malheureusement, ça ne peut pas être le cas puisque Sammy et Ethan sont blessés. J'espère que l'argent ne viendra pas trop vite à manquer...

Une fois à Times Square, l'orgie d'enseignes lumineuses qui brillent de tous leurs feux me met en joie. C'est si beau, je trouve! En levant les yeux pour admirer le spectacle des annonces qui défilent en vantant les diverses comédies musicales en représentation ce soir, je me dis qu'un jour je reviendrai peut-être ici afin de voir jouer et danser Caroline, Astrid et peut-être même aussi Troy, Ethan, David et Sammy. Je ferme les yeux et en fais le vœu.

Ma mère me fait remarquer la silhouette du Chrysler Building qui se détache au loin sur le ciel en train de s'embraser au soleil couchant.

— Regarde comme il est beau ! Son toit brille au soleil parce qu'il a été entièrement recouvert de plaques d'acier inoxydable. Il a été le plus haut du monde jusqu'à la fin de la construction de l'Empire State Building. C'est définitivement mon édifice préféré ici, à New York.

— Moi, mon préféré est et restera le Flatiron ! Je l'adore.

— C'est vrai qu'il est aussi magnifique, ma puce. Que dirais-tu si on entrait dans cette boutique de souvenirs pour t'en acheter une petite reproduction ?

— Oh oui !

## 20 H

Nous voilà dans la 5$^e$ Avenue, la rue des boutiques de luxe, des grands couturiers, des bijoutiers et autres commerces s'adressant aux milliardaires. Pour faire plaisir à maman, nous faisons un petit détour par le Rockefeller Center, un immense complexe architectural comprenant plusieurs immeubles, dont celui du célèbre Radio City Music Hall. La place centrale est ornée de fontaines au centre desquelles est posée une statue de Prométhée portant un flambeau.

— Dans la mythologie grecque, dis-je, Prométhée est un Titan, connu pour avoir créé les hommes à partir d'un tas de boue et qui leur donna ensuite le feu.

— Wow! répond maman. C'est qu'elle est cultivée, ma fille!

C'est monsieur Cayer, mon prof d'histoire, qui serait fier de moi, non? Il paraît qu'en hiver, la place est ornée d'un immense sapin décoré et transformée en patinoire. Il faudra que je revienne voir ça! Je me demande si Ethan sait patiner…

## 20 H 30

Retour dans la 5e Avenue. Arrêtée devant Tiffany & Co., une célèbre bijouterie, maman est littéralement en pâmoison. Il paraît que l'endroit a été le lieu de tournage d'un film célèbre avec une certaine Audrey Hepburn. Je ne la connais pas, mais la vitrine du magasin semble tout droit sortie d'un véritable conte de fée !

— Peux-tu croire que de nos jours, c'est Paloma Picasso, oui, la fille du célèbre peintre, qui dessine les modèles des bijoux les plus gros et surtout les plus chers vendus ici ?

— Si tu le dis, je te crois !

Je voudrais bien entrer pour voir, mais maman ne veut rien entendre, prétextant que nous ne sommes pas habillées correctement pour un tel endroit. Elle est « pas rap » des fois, ma mère ! Si elle n'aime pas ce qu'elle porte, pourquoi ne s'achète-t-elle rien de nouveau ? C'est simple, non ?

— Oui, mais il faut partir maintenant. Nous n'avons pas encore vu la librairie Barnes & Noble, me dit maman en me tirant par la manche.

Mais qu'est-ce qui m'a valu une mère pareille ? Aucune poésie ! Troquer ce paradis pour aller regarder des livres ? Non, mais, quelle idée ! Le pire, c'est que je crois qu'elle est sérieuse.

## 21 H

Nous voici au 555 de la 5e Avenue. Pas de chance, la librairie est toujours ouverte ! ☺

—Barnes & Noble est le temple incontesté du livre à New York, ma chérie.

—Ouais. Pis?

—Il y a cinq étages tous consacrés à la lecture dans tous les genres: bandes dessinées, livres de photos, romans d'auteurs de partout à travers le monde. Je veux m'acheter un livre de cuisine végétarienne. Jette un coup d'œil toi aussi, je suis certaine que tu y trouveras quelque chose qui saura t'intéresser!

—Tu crois vraiment?

Cause toujours, pauvre maman! Des fois, j'ai l'impression qu'elle n'a pas la moindre idée de ce qui intéresse les filles de treize ans de nos jours.

—T'as vu, chérie? Ils ont *Le Petit Prince*, d'Antoine de Saint-Exupéry, en anglais et en espagnol. Ça te dirait de les avoir?

—Cool!

—Je te les offre avec plaisir alors!

Nous quittons la librairie les bras chargés: maman de deux livres de recettes et d'une biographie de Barack Obama, et moi d'une biographie illustrée de Justin Bieber et des deux traductions du *Petit Prince*. Je suis contente!

—On va où maintenant?

## 22 H

De retour à Times Square. Au 1514, Broadway, se tient le magasin de jouets Toys"R"Us. Cet endroit est l'un des plus fabuleux qu'il m'ait été donné de visiter dans ma vie ! Il y a même une grande roue à l'intérieur ! Génial, non ? Et puis, le choix de jouets dépasse même les rêves d'enfants les plus fous ! Ce que vous avez toujours voulu avoir sans même oser en rêver lorsque vous étiez petits, ce magasin l'a en stock. Incroyable ! C'est un lieu magique.

## 23 H

Après une dernière petite tournée des boutiques les plus invitantes, nous rentrons à l'hôtel, un peu à contrecœur. Mais je suis exténuée et mes pieds ne peuvent raisonnablement en endurer plus ! Et puis, il y a nos valises à préparer, et tout et tout.

## 23 H 15

Maman prend sa douche. C'est le moment de voir si Gino ou Gina sont en ligne.

Gino : Salut Jules !

(Ça me fait tout drôle et à la fois chaud au cœur de me faire de nouveau appeler Jules.)

Jules : Gino ! Tu es toujours à Boston ?

Gino : Non, nous sommes rentrés hier. Il y avait des cours à l'école aujourd'hui, souviens-toi !

Jules : J'avais complètement oublié que l'école recommençait aujourd'hui. C'est incroyable, ça !

Gino : Tu t'amuses ?

Jules : Oui, mais il s'est passé tellement de choses en une semaine ! Tu ne me croiras pas.

Gino : Je n'ai pas l'habitude de ne pas te croire. T'es mon amie.

Jules : Je sais. Mais cette fois-ci il m'est arrivé une aventure pas possible.

Gino : Il t'arrive tout le temps des aventures incroyables quand tu voyages, Jules.

Jules : C'est vrai. Mais cette fois-ci, c'est la plus incroyable des histoires.

Gino : C'est une des choses que j'aime chez toi, justement.

(Ai-je rêvé, là, ou il a vraiment écrit cela ? Mais oui, c'est écrit noir sur blanc !)

Gino : Tu ne dis plus rien ? Tu veux qu'on démarre FaceTime ?

Jules : Non. Je ne peux pas sur cet ordi. Tu te rappelles ?

Gino : Jules ?

Jules : Oui, Gino.

Gino : Quand tu reviendras à l'école, j'aurai une surprise pour toi, enfin, quelque chose à te dire.

Jules : Quoi ?

Gino : Tu le sauras bien assez tôt…

(*OMG !* Qu'est-ce que ça peut bien être ? Qu'est-ce que Gino peut bien avoir à me dire de sérieux ?)

Gino : Allez, à jeudi, mon amie !

Jules : Attends ! Donne-moi au moins un indice.

Gino : Pas question.

Jules : Envoye donc !

Gino : J'ai dit jeudi !

Jules : Alors à jeudi, Gino.

Gino : À bientôt, Jules.

L'école, les cours, les profs, Gino et Gina, tout me paraît tellement loin d'ici. J'ai peine à croire que jeudi, je serai de retour dans ce monde-là. Comme j'ai peine à croire que tout ce qui s'est passé ces derniers jours est réellement arrivé. Mais pour l'heure, ce qui me préoccupe, c'est ce fameux secret que doit me révéler Gino jeudi. Si secret il y a. Je voudrais déjà y être ! Euh ! Ben non, puisque je n'ai pas hâte de quitter New York ! Ah ! Je suis toute mêlée, là, moi ! Il faut que je réfléchisse. Je ferai mes bagages demain…

# Mercredi 8 avril

**8 H**

— Julieeettte Bérubééé !

— Hum ! Quoi ?

Quand elle fait suivre mon prénom de notre nom de famille, c'est que ça risque de barder. Je ferais mieux d'ouvrir un œil.

— T'as vu l'heure ? Il faut te lever ! Notre avion décolle à midi et ta valise n'est toujours pas bouclée !

— On a encore du temps en masse, non ?

— Comment ça, on a encore du temps ? Il faut être à l'aéroport des heures à l'avance, de nos jours !

Lorsqu'elle est dans cet état, mieux vaut ne pas la contredire. Heureusement, il ne me reste que deux, trois choses à glisser dans mes bagages, de toute façon. Comme l'ours en peluche qu'Ethan a gagné pour moi à Coney Island, les vêtements neufs que m'a offerts ma mère, les livres que nous avons achetés chez Barnes & Noble et quelques autres souvenirs. Allons-y donc.

## 9 H

Bon. Y a comme un problème, là… Je ne comprends pas pourquoi mes trucs ne veulent pas rentrer dans cette foutue valise ! Faut dire qu'elle était déjà pas mal pleine à l'arrivée. Tout ça, c'est la faute des chaussures de maman, aussi ! Bon, servons-nous de notre cervelle… Comment diable mon prof de math s'y prendrait-il ? Bof ! Laissons tomber les maths, je n'y arrive pas. À moins que je commence par mettre l'ours en peluche et que j'ajoute le reste après ? Mais pour ça, il faut d'abord que je vide entièrement la valise et que je recommence. Allez, on y va !

## 9 H 15

Oups ! Je ne suis pas certaine que c'est une bonne idée, finalement. Une fois mes t-shirts, mes sous-vêtements et mes jeans casés entre les bras et les jambes de l'ours, il ne reste plus la moindre place pour les chaussures, ma veste en jeans, mes chandails, mes livres, mon shampoing, mon fer plat, mon éléphanteau et mes autres trucs. Après quelques tentatives infructueuses, je dois me rendre à l'évidence, ça ne sera pas possible...

—Julieeettte Bérubééé!

—Oui, oui. Ça vient!

La voilà qui apparaît devant moi, l'air moqueur, une main derrière le dos.

—T'as besoin d'aide?

—Non, non. Ça va aller...

—Tu n'as donc pas besoin de ça? demande-t-elle en sortant de derrière son dos un sac de sport que je n'ai jamais vu auparavant.

—C'est quoi ça?

—Je l'ai acheté la semaine dernière pendant que tu vagabondais avec les filles. J'ai pensé qu'il pourrait nous être utile comme bagage à main supplémentaire au moment de rentrer à la maison. Qu'en penses-tu?

—Génial! Mais pourquoi tu ne l'as pas dit avant? lui dis-je en tendant la main vers le sac.

—Hé! Qu'est-ce qu'on dit?

—Comment ça "qu'est-ce qu'on dit"?

—Oui, qu'est-ce qu'on dit quand on veut le sac qu'une autre personne tient dans sa main?

—Maman, on n'a pas le temps de niaiser!

—Allez, dis-le!

—Maman!

—Juliette!

— Maman, s'il te plaît, donne-moi ce sac.
— Tiens. Qu'est-ce qu'on dit ?
Je fais la grimace.
— Merci.

C'est fou ce qu'elle peut être enfantine, ma mère, des fois !

## 9 H 30

J'ai l'énorme ours en peluche offert par Ethan dans les bras, un sac sur le dos et un mal de chien à traîner ma valise qui est pleine, archi pleine, tellement pleine que les coutures menacent d'éclater. Quelle galère ! Lors du prochain voyage, j'emporterai moins de trucs. Enfin, peut-être pas, mais alors, j'emporterai trois valises. Minimum ! Heureusement, maman s'est chargée du sac de sport contenant nos chaussures...

Caroline et Astrid nous attendaient dans le hall avec un sac de croissants. Elles ont décidé de nous accompagner à l'aéroport John F. Kennedy puisque le père de Caroline doit de toute façon arriver au début de l'après-midi. Dans le taxi, Caroline nous annonce une bonne nouvelle. La directrice de la Juilliard School, qui a eu vent de sa mésaventure en regardant le téléjournal, lui a téléphoné hier soir. Elle était bouleversée d'apprendre que les ennuis de la jeune fille avaient été causés par un problème de logement. Or, il semble qu'une chambre pour deux vienne juste de se libérer dans les résidences pour étudiants attenantes à l'école. La directrice l'offre à Caroline et à Astrid, et elles seront en mesure d'y emménager dès vendredi après-midi. Wow! Ça signifie la fin des ennuis! Finies, les visites d'appartements crado. Je suis bien contente pour elles.

— Mais ce n'est pas tout, ajoute Astrid. Impressionnée par l'histoire de David, Sammy, Ethan et Troy, la directrice leur a organisé une audition pour une bourse. Si les quatre garçons se qualifient, cela veut dire qu'ils pourront fréquenter Juilliard gratuitement pendant un an, minimum!

— Oh! Mon Dieu! AHHHHHHH!

Le cri est sorti tout seul. Quelle fantastique nouvelle! Je suis tellement émue que j'ai peine à me retenir de pleurer. Le vent tourne enfin pour Ethan et ses frères. Je suis certaine qu'ils réussiront à décrocher cette bourse. Ils le méritent tellement! Leur rêve va se réaliser et ils n'auront plus à mentir à Grann! Je suis tellement heureuse pour eux tous!

En débarquant du taxi, nous découvrons que les quatre garçons font le pied de grue devant le comptoir de notre compagnie aérienne. Que d'émotions!

— Mais que faites-vous là ? En voilà une surprise !

— Vous ne pensiez tout de même pas que nous allions vous laisser partir comme cela sans vous dire adieu ? répond Ethan en me collant un baiser sur la joue.

Folle de joie, je lui saute au cou. Et puis, c'est l'accolade collective. Maman verse même quelques larmes en embrassant le petit Troy.

— Tu vas m'écrire ? demande Ethan en me tendant un bout de papier sur lequel est notée une adresse électronique.

— Tu peux en être certain !

## 12 H

L'avion décolle pis moi, ben… je pleure. Ça a été une constante dans cette aventure, il me semble. J'ai beaucoup pleuré ces derniers jours, c'est vrai. Ethan, Troy, Caroline, Astrid, les bandits de Queens, Grann défilent dans ma tête en portraits presque irréels. Je ne veux pas rentrer ! Je ne vous oublierai jamais, mes amis !

Un peu assommée par le comprimé antinausée que m'a donné ma mère, je somnole. Du haut des airs, je regarde New York. Je ne veux pas m'endormir! Je lutte contre le sommeil, mais mes paupières sont si lourdes…

— Pitchounette?

— ZZZZZZZZZZ.

## 13 H 30

Le commandant de bord vient d'annoncer que nous arriverons à destination à 13 h 45. Me voilà bien réveillée. Et puis, je meurs de faim. C'est fou comme j'ai hâte de revoir notre chez-nous et, surtout, de retrouver ma chambre à coucher et son désordre. Ben quoi? Normal. J'y suis tellement habituée. De plus, c'est peut-être difficile à croire, mais j'en avais un peu marre de manger au restaurant. Je meurs d'envie d'un bon spaghettttti!

# *Sur les pas de Juliette*

## MINIGUIDE DE TA VISITE À NEW YORK

Aussi connue sous les noms et abréviations de New York City ou NYC, New York est la plus grande ville des États-Unis et l'une des plus importantes du continent américain. Elle se situe dans le nord-est des États-Unis, sur la côte atlantique, à l'extrémité sud-est de l'État du même nom. La ville se compose de cinq arrondissements appelés en anglais *boroughs*: Manhattan, Brooklyn, Queens, le Bronx et Staten Island. C'est la ville la plus peuplée du pays, avec une population de plus de 8 millions d'habitants, c'est-à-dire deux fois plus que Los Angeles, la deuxième en importance au pays. C'est surtout l'une des villes parmi les plus fascinantes et les plus cosmopolites du monde. Ce n'est pas pour rien qu'elle accueille 50 millions de visiteurs chaque année! Suis-moi pour en savoir davantage…

## ARRIVER À NEW YORK ET SE RENDRE À MANHATTAN

Une multitude de vols desservent chaque jour New York via ses deux principaux aéroports : John F. Kennedy (JFK) et LaGuardia. Un troisième aéroport, Newark Liberty International, est situé dans l'État du New Jersey, tout près. Les trois aéroports sont reliés à Manhattan par un choix varié de moyens de transport. Une fois à l'aérogare, il n'y a qu'à suivre les indications pour trouver l'emplacement des taxis. Si tu préfères prendre le métro, le bus ou une navette (*shuttle*), cherche l'indication *Ground Transportation*. La compagnie SuperShuttle offre des minibus qui te conduiront de l'aéroport à la destination de ton choix pour un prix minime et sans tracas. Dans tous les cas, compte environ une heure pour rejoindre Manhattan.

http://www.supershuttle.com

## MONNAIE

Fais attention! Aux États-Unis, tous les billets de banque se ressemblent. Hormis le billet de 100 $, ils sont tous verts et ne se distinguent que par le nombre indiquant leur valeur ainsi que par les portraits des hommes politiques illustres imprimés sur leur côté face. Le billet de 1 $ représente George Washington; celui de 5 $, Abraham Lincoln; celui de 10 $, Alexander Hamilton; celui de 20 $, Andrew Jackson; celui de 50 $, Ulysses Simpson Grant et celui de 100 $, Benjamin Franklin. Il n'y a pas de pièces de 1 $ et de 2 $. La pièce de 1 ¢ a toujours cours, ainsi que celles de 5 ¢, de 10 ¢ et de 25 ¢.

## SE DÉPLACER

La meilleure façon de visiter Manhattan est de le faire à pied. Il y a tant à voir que les distances semblent plus courtes qu'elles ne le sont en réalité! Le vélo est à déconseiller en raison de la circulation dense, sauf dans Central Park, où il est roi. Pour les plus longs trajets, ou pour aller d'un quartier à l'autre, le métro est efficace, sécuritaire et beaucoup moins compliqué qu'il n'y paraît. Il existe cependant une dizaine de lignes de métro. Pour choisir entre la ligne rouge, la verte, la mauve, la bleue, la jaune, l'orange, la grise ou la marron, mieux vaut consulter le plan!
http://www.mta.info/maps/submap.html

## VISITER

Manhattan regorge d'attractions touristiques excitantes. Il y en a vraiment pour tous les goûts et tous les âges. Voici mes préférées ainsi que les recommandations de ma chère mère!

### À la pointe sud de Manhattan

- **ELLIS ISLAND**

C'est ici qu'ont transité plus de 17 millions de personnes aspirant à l'immigration entre 1892 et 1954. Surnommée «l'île des larmes», Ellis Island est un lieu de pèlerinage pour beaucoup d'Américains à la recherche de leurs origines. D'émouvants graffitis ont été conservés ainsi que de nombreux objets ayant appartenu aux passagers des bateaux qui ont accosté sur l'île. On s'y rend en ferry (traversier) au départ de Battery Park, à la pointe sud de Manhattan. En dehors des mois d'été, pense à t'habiller chaudement pour la traversée!

http://www.ellisisland.org

- **LA STATUE DE LA LIBERTÉ**

Tu as certainement entendu parler de ce monument gigantesque dont le nom véritable est Liberty Enlightening the World, c'est-à-dire «La Liberté illuminant le monde». Mais savais-tu qu'il s'agit d'un présent offert en signe d'amitié aux Américains par le peuple français, en 1886, à l'occasion du centenaire de la Déclaration d'indépendance des États-Unis ? La statue est située sur une île, Liberty Island. Pour s'y rendre, il faut également prendre un ferry au départ de Battery Park. Le débarquement sur le site est gratuit, mais il faut payer le bateau ainsi que l'ascension dans la statue jusqu'à la couronne. Arme-toi de patience, les files d'attente sont longues !

http://www.statueofliberty.org/

- **BROOKLYN BRIDGE**

Traverser le pont de Brooklyn à pied est une promenade très populaire auprès de ceux qui veulent profiter d'une des plus belles vues qui soient de Manhattan ! D'une longueur de deux kilomètres, ce pont est depuis 1883 l'un des monuments les plus prestigieux et mythiques de New York. On y accède par Park Row, à la hauteur de Center Street. Profites-en pour emmener tes parents visiter le magnifique et charmant quartier historique de Brooklyn Heights.

## Chinatown et Little Italy

Une visite de New York serait incomplète sans une tournée de Chinatown et de Little Italy, situés tout près l'un de l'autre. Ouvre bien grand les yeux et les narines. Tu vas adorer ces endroits, parole de Juliette ! Les marchés de Grand Street sont réputés pour offrir les meilleurs produits alimentaires de New York et les pâtisseries italiennes ayant pignon sur cette rue sont littéralement irrésistibles ! J'en ai encore l'eau à la bouche. Pour le magasinage et les chinoiseries, c'est dans Canal Street, entre Broadway et Mulberry Street, qu'il faut pousser la promenade. Ne manque pas d'essayer le canard laqué ! Le fameux restaurant Peking Duck House est situé en plein cœur du quartier.

*Peking Duck House*
*28, Mott Street*
http://www.pekingduckhousenyc.com

## Midtown (le centre de Manhattan) en montant vers le nord

### • FLATIRON BUILDING

Là où se croisent Broadway et la 5$^e$ Avenue se dresse le Fuller Building, mieux connu sous le nom de Flatiron Building, ou « fer à repasser », en raison de son architecture toute particulière. C'est indéniablement MON immeuble préféré à Manhattan ! Tout près, il y a un banc de parc où tu pourras t'asseoir pour l'admirer.

*175, 5$^e$ Avenue / Broadway*

- **EMPIRE STATE BUILDING**

Même s'il n'est plus le plus haut édifice du monde, ce magnifique immeuble de style Art déco de 102 étages demeure l'un des plus prestigieux et des plus visités de New York. À la tombée de la nuit, emmène tes parents au sommet pour admirer la vue ! Il est situé à l'angle de la 5$^e$ Avenue et de la 34$^e$ Rue, c'est-à-dire tout près de Times Square.

*350, 5$^e$ Avenue / 34$^e$ Rue*
http://www.esbnyc.com

- **MACY'S**

Le mythique grand magasin de New York occupe tout un pâté de maisons sur Herald Square, entre Broadway et la 7$^e$ Avenue. Certains affirment qu'il s'agit du plus grand magasin du monde ! On le reconnaît à sa célèbre étoile blanche sur fond rouge. Je parie que ta maman adorera !

*151, 34$^e$ Rue Ouest*
http://www.macys.com

- **TIMES SQUARE**

Il est impossible de séjourner à New York sans passer du temps à tourner autour de ce célèbre carrefour ! Tout le jour, des milliers de visiteurs venus de partout dans le monde s'y bousculent amicalement. Déjà, c'est un spectacle en soi. À la tombée de la nuit, le lieu est encore plus beau. Les comédies musicales les plus célèbres du monde y sont annoncées et présentées.

Il suffit de lever les yeux pour admirer le spectacle offert par les centaines d'enseignes lumineuses et d'écrans de télévision qui brillent de tous leurs feux en diffusant leurs messages. C'est fou! Magique! Emmène tes parents au Times Square Visitor's Center pour prendre des renseignements sur tout ce qu'il y a à voir.

*1560, Broadway (entre la 46$^e$ et la 47$^e$ Rue)*
http://www.timessquarenyc.org

### ▪ MUSÉE MADAME TUSSAUD

Le fameux musée de cire Madame Tussaud est sans doute l'attraction la plus populaire auprès des ados qui passent par Times Square. Il y a de fortes chances que quelques-unes de tes idoles y soient immortalisées! Il te faudra cependant faire preuve de patience pour entrer puisque la file d'attente semble parfois interminable… Un truc? Achète tes billets d'avance! Il est possible de le faire en ligne.

*234, 42$^e$ Rue Ouest (entre la 7$^e$ et la 8$^e$ Rue)*
http://www.nycwax.com

### ▪ BRYANT PARK ET THE NEW YORK PUBLIC LIBRARY

Ce petit parc est l'un de mes endroits préférés à Manhattan. Peut-être parce qu'on y fournit gratuitement une connexion Internet Wi-Fi. Attenante au parc, la succursale principale de la bibliothèque municipale de New York est un des lieux de prédilection de ma mère. C'est vrai qu'elle est belle! L'entrée y est gratuite et Internet y est également fourni gratuitement. En passant, la boutique de souvenirs de la bibliothèque regorge d'idées de cadeaux à petits prix.

*Angle de la 5ᵉ Avenue et de la 42ᵉ Rue*
http://www.nypl.org/

- **GRAND CENTRAL TERMINAL**

La gare centrale de New York est un véritable chef-d'œuvre d'architecture Beaux-Arts. Une visite s'impose absolument, ne serait-ce que pour voir partir et arriver une partie des gens qui y transitent chaque jour. L'atmosphère qui règne à l'intérieur des murs est incomparable ! Si tu aimes les étoiles, la représentation de la constellation du zodiaque d'hiver peinte au plafond du hall principal vaut à elle seule le déplacement.

*87, 42ᵉ Rue Est / Park Avenue*
http://www.grandcentralterminal.com

- **ESS-A-BAGEL**

Une excellente adresse pour qui aime les bagels. J'adore ! Mes amies Caroline et Astrid aussi ☺.

*831, 3ᵉ Avenue / 51ᵉ Rue*
http://www.ess-a-bagel.com

### ▪ CHRYSLER BUILDING

Le Chrysler Building est le gratte-ciel préféré de maman à Manhattan. C'est vrai qu'il est plutôt pas mal. De style Art déco, il est revêtu de plaques d'acier inoxydable. Commandé par l'entreprise américaine dont il porte le nom, il a été inauguré en 1930. C'est incroyable, non, de penser qu'il se construisait déjà des immeubles de cette hauteur à cette époque ? Ma propre mère n'était même pas née !

*405, Lexington Avenue*

### ▪ SIÈGE DES NATIONS UNIES

Le quartier général de l'Organisation des Nations Unies (ONU) se compose de plusieurs bâtiments. Des visites payantes sont organisées. L'ONU a été fondée après la Seconde Guerre mondiale, en 1945, par 51 pays déterminés à maintenir la paix et la sécurité internationales, à développer des relations amicales entre les nations, à promouvoir le progrès social, à instaurer de meilleures conditions de vie et à accroître le respect des droits de l'homme. Prends des notes pour ton prof d'histoire !

*Angle de la 1$^{re}$ Avenue et de la 46$^e$ Rue*
http://www.un.org

- **ROCKEFELLER CENTER**

Conçu dans les années 1930, le Rockefeller Center est un immense complexe architectural comprenant 18 immeubles, dont celui du très célèbre Radio City Music Hall. Le siège de la chaîne de télévision NBC est également situé dans ce complexe. Une gigantesque et magnifique statue de Prométhée, le dieu grec créateur de la race humaine, orne la place centrale. Au $70^e$ étage, une plate-forme d'observation appelée « The Top of the Rock » propose une autre vue de Manhattan.

*De la $47^e$ à la $51^e$ Rue (entre la $5^e$ et la $7^e$ Avenue)*

- **ST. PATRICK'S CATHEDRAL**

La plus célèbre église de New York est une cathédrale catholique. Ta grand-mère devrait adorer!

*$5^e$ Avenue (entre la $50^e$ et la $51^e$ Rue)*

- **MUSEUM OF MODERN ART (MOMA)**

L'un des plus beaux musées de la ville. Il est consacré à l'art moderne et on peut entre autres y admirer des tableaux de peintres aussi célèbres que Miró, Picasso, Matisse et Van Gogh. J'aime beaucoup Miró, et toi?

*11, $53^e$ Rue Ouest*
http://www.moma.org

- **TIFFANY & CO.**

Tiffany & Co. est probablement la plus célèbre bijouterie du monde. C'est la fille cadette du célèbre Pablo Picasso, Paloma, qui dessine aujourd'hui les pièces les plus spectaculaires y étant proposées. Des milliers de visiteurs passent le seuil de ce commerce pour millionnaires chaque mois. Un incontournable si la vie des gens riches et célèbres pique ta curiosité !

*757, 5$^e$ Avenue / 57$^e$ Rue*
http://www.tiffany.com

- **BARNES & NOBLE**

Une visite chez Barnes & Noble, véritable caverne d'Ali Baba pour les amateurs de livres, est l'occasion de parfaire ta connaissance de l'anglais en achetant un livre ou une bande dessinée. Comme il y a cinq étages de marchandises, tu n'auras que l'embarras du choix !

*555, 5$^e$ Avenue*
http://www.barnesandnoble.com

## Central Park et ses alentours

Que serait Manhattan sans Central Park ? On a peine à l'imaginer. Dans cette véritable oasis de verdure au centre de l'île, les New-Yorkais pratiquent la marche, le jogging, le yoga et le vélo. Ils y vont aussi pour lire, pour se baigner, pour pique-niquer et même pour monter à cheval ou pour aller au zoo! Les parents y emmènent leurs enfants et les amoureux le fréquentent assidûment. Ne manque pas de jeter un coup d'œil au Belvedere Castle! Le parc a des entrées aux quatre points cardinaux. Celle située au sud se prend dans la 59e Rue.

http://www.centralparknyc.org

### ▪ ZOO DE CENTRAL PARK

Le jardin zoologique se trouve au sud-est de Central Park. Beaucoup plus petit que le zoo du Bronx, il présente des animaux dont l'espèce est en voie d'extinction, comme l'ours polaire, le tamarin, le crapaud du Wyoming ou le mignon petit panda roux. Adorable!

http://www.centralparkzoo.com/

### ▪ JUILLIARD SCHOOL OF MUSIC

Si, comme Astrid et Caroline, tu rêves de danser, voire d'apprendre le *Hand glide* ou le *Head spin*, tels Troy et ses frères, ou bien de chanter et de jouer la comédie, une visite autour de la Juilliard School, la plus célèbre école privée du genre à New York, devrait t'intéresser.

*60, Lincoln Center Plaza*
http://www.juilliard.edu

- **AMERICAN MUSEUM OF NATURAL HISTORY**

Le plus grand musée d'histoire naturelle du monde a ouvert ses portes en 1877. On dit que ses collections comprennent plus de 35 millions de spécimens. Wow! Le pavillon consacré aux dinosaures sera le clou de ta visite, assurément. Ne manque pas non plus de voir la réplique du squelette d'une baleine bleue de 29 mètres de long!

*Central Park West / 79$^e$ Rue*
http://www.amnh.org

- **METROPOLITAN MUSEUM OF ART**

Ce musée d'art est sans doute l'un des plus célèbres du monde après le Louvre, à Paris. Il faut le visiter au moins une fois dans sa vie, assure ma mère.

*1000, 5$^e$ Avenue*
http://www.metmuseum.org

- **SYLVIA'S**

Sylvia's est le restaurant le plus fréquenté de Harlem. Je te le conseille si tu souhaites goûter à la *soul cuisine*, la cuisine venue du sud des États-Unis. Il te faut absolument goûter le poulet frit! Airs de blues et de vieux jazz en prime. Très cool!

*328, Malcolm X Boulevard*
http://www.sylviasoulfood.com

## Coney Island

Si tu as l'occasion d'être à New York pendant les beaux jours, un détour s'impose à Coney Island, une péninsule située à l'extrême sud de Brooklyn. Le trio plage, manèges et hot-dogs y est roi. Plaisir garanti! N'oublie surtout pas ta crème solaire, ton maillot et ta serviette…

http://www.coneyisland.com/

# LEXIQUE FRANÇAIS-ANGLAIS DE VOYAGE

| FRANÇAIS | ANGLAIS |
|---|---|
| Non | No |
| Oui | Yes |
| Salut! | Hi! |
| Comment allez-vous? | How are you? |
| Pardon? | Pardon me? |
| S'il vous plaît | Please |
| Merci | Thank you |
| De rien | Welcome |
| Le matin | Morning |
| L'après-midi | Afternoon |
| Le soir | Night |
| Hier | Yesterday |
| Aujourd'hui | Today |
| Demain | Tomorrow |
| Ici | Here |
| Là | There |
| Gros | Big |
| Petit | Small |
| Ami | Friend |

| | |
|---|---|
| Quoi ? | What ? |
| Qui ? | Who ? |
| Quand ? | When ? |
| Où ? | Where ? |
| Pourquoi ? | Why ? |
| Combien cela coûte-t-il ? | How much is it ? |
| Quelle heure est-il ? | What time is it ? |
| Pouvez-vous m'aider, s'il vous plaît ? | Can you help me, please ? |
| Pouvez-vous m'indiquer le chemin vers l'Empire State Building, s'il vous plaît ? | Could you please show me the way to the Empire State Building ? |
| Je ne comprends pas | I don't understand |
| Je ne parle pas anglais | I don't speak English |
| Comment vous appelez-vous ? | What is your name ? |
| Un | One |
| Deux | Two |
| Trois | Three |
| Quatre | Four |
| Cinq | Five |
| Six | Six |
| Sept | Seven |
| Huit | Eight |
| Neuf | Nine |
| Dix | Ten |

| Onze | Eleven |
|---|---|
| Douze | Twelve |
| Treize | Thirteen |
| Quatorze | Fourteen |
| Quinze | Fifteen |
| Seize | Sixteen |
| Dix-sept | Seventeen |
| Dix-huit | Eighteen |
| Dix-neuf | Nineteen |
| Vingt | Twenty |
| Trente | Thirty |
| Quarante | Forty |
| Cinquante | Fifty |
| Soixante | Sixty |
| Soixante-dix | Seventy |
| Quatre-vingt | Eighty |
| Quatre-vingt-dix | Ninety |
| Cent | One hundred |
| Mille | One thousand |

# UN PEU D'HISTOIRE

Avant l'arrivée des Européens, le territoire de New York était peuplé par des Amérindiens. Exactement comme au Canada ! En 1524, c'est le navigateur italien Giovanni da Verrazzano qui fut officiellement le premier Européen à explorer la baie de New York. Il la baptisa « Nouvelle-Angoulême ». En 1624, la région devint cependant une possession néerlandaise sous l'égide de la Compagnie des Indes orientales. Trente familles s'installèrent alors au sud de Manhattan pour former la Nouvelle-Amsterdam, ou *Nieuwe Amsterdam*. En 1664, les Anglais conquirent la colonie qu'ils rebaptisèrent « New York » en l'honneur du duc d'York d'Angleterre. Pour t'aider à t'y retrouver, voici une brève chronologie, ponctuée de dates importantes.

**1524** Le navigateur italien Giovanni da Verrazzano explore la baie de New York, qu'il baptise « Nouvelle-Angoulême ».

**1624** La région de New York devient officiellement une possession néerlandaise sous l'égide de la Compagnie des Indes orientales. Trente colons s'installent au sud de Manhattan rebaptisée « Nouvelle-Amsterdam ».

**1664** Les Anglais conquièrent la Nouvelle-Amsterdam qu'ils rebaptisent « New York » en l'honneur du duc d'York.

**1700** La ville se développe rapidement et compte déjà près de 5 000 habitants.

**1785** Le Congrès continental s'installe à New York, consacrée capitale provisoire des États-Unis.

**1789** Le premier président américain, George Washington, prête serment sur la Bible au balcon du Federal Hall, dans le sud de Manhattan.

**1792** Un groupe de marchands commence à se réunir sous un platane d'Amérique à l'emplacement de l'actuel 68, Wall Street, préfigurant ce qui est aujourd'hui la très célèbre Bourse de New York.

**1820** En raison d'une croissance démographique fulgurante, New York est la ville la plus peuplée des États-Unis avec environ 200 000 habitants.

**1842-1850** À la suite d'épidémies de choléra, un aqueduc est mis en chantier. La municipalité fonde aussi un service des égouts et fait construire des bains publics.

**1857** Début des travaux d'aménagement de Central Park.

**1871** Fin de la construction de Grand Central Terminal, la gare centrale.

**1882** Ellis Island devient la porte d'entrée principale des immigrants qui arrivent aux États-Unis.

**1883** Inauguration du pont de Brooklyn.

**1886** Inauguration de la statue de la Liberté en présence du président des États-Unis, Grover Cleveland.

**1904** L'Interborough Rapid Transit, la première compagnie de métro de New York, voit le jour.

**1930** Inauguration du Chrysler Building.

**1931** Inauguration de l'Empire State Building.

**1973** Inauguration des tours jumelles du World Trade Center conçu par l'architecte Minoru Yamasaki.

**2001** Les tours jumelles sont intégralement détruites par deux avions détournés lors des attentats terroristes du 11 septembre. Leur emplacement est, depuis, surnommé Ground Zero. Le site accueille dorénavant un mémorial et une nouvelle tour, la One World Trade Center.

**20xx** Visite de Juliette.

**20xx** Ta visite.

# QUESTIONNAIRE

1. **Trouve l'intrus parmi ces importants personnages.**
    a) Michael Bloomberg
    b) Rudolph Giuliani
    c) David Dinkins
    d) Abraham Lincoln

2. **Quel est le surnom donné à la ville de New York ?**
    a) The Big City
    b) The Big Apple
    c) The Beautiful Apple
    d) The Love City

3. **Qui a offert la statue de la Liberté aux New-Yorkais ?**
    a) La famille Rockefeller
    b) Abraham Lincoln
    c) Le peuple français
    d) Les citoyens de Los Angeles

## 4. Comment le nom de New York a-t-il été choisi ?
a) En l'honneur d'un chef amérindien appelé Yorkshire
b) En hommage à la ville d'York en Hollande
c) En l'honneur du duc d'York d'Angleterre
d) En hommage à un célèbre fabricant de beurre d'arachide américain

## 5. En mai 1885, Robert Emmet Odlum s'est rendu célèbre en étant le premier New-Yorkais à tenter l'exploit de sauter… ?
a) Du pont de Brooklyn
b) De l'Empire State Building
c) Du Metropolitan Museum
d) Du Yankee Stadium

## 6. Trouve l'intrus dans cette liste.
a) Manhattan
b) Broadway
c) Brooklyn
d) Queens
e) Bronx
f) Staten Island

## 7. Dans quel amphithéâtre de New York les Knicks ont-ils élu domicile ?
a) Au Madison Square Garden
b) Au Yankee Stadium
c) Au Hilltop Park
d) Au Shea Stadium

8. **Quel est le plus haut gratte-ciel new-yorkais à l'heure actuelle ?**
   a) Le One World Trade Center
   b) L'Empire State Building
   c) Le Flatiron
   d) Le Chrysler Building
   e) Le New York Times Building

9. **En quelle année a été fondé le célèbre journal le *New York Times* ?**
   a) 1796
   b) 1930
   c) 1899
   d) 1851

10. **Je suis le centre financier de New York. Qui suis-je ?**
    a) Broadway
    b) Wall Street
    c) Times Square
    d) Madison Avenue

11. **Que représente la statue devant le Rockefeller Center ?**
    a) Neptune
    b) Prométhée
    c) Zeus
    d) Apollon

**12. Quel célèbre plat chinois peut-on manger au Peking Duck House, dans Chinatown ?**
   a) Le poulet frit à la mode du sud des États-Unis
   b) Les bagels aux graines de pavot
   c) Le canard laqué
   d) Les nouilles à l'esturgeon fumé

# Ton carnet de visite

**Date:** _____   **Météo:** _____

**Visites du jour:** _____
_____
_____
_____
_____

**Avec qui?** _____

**Tes impressions:** _____
_____
_____
_____
_____
_____
_____
_____
_____
_____
_____
_____

Juliette à New York

**Date:** _____  **Météo:** _____

**Visites du jour:** _____
_____
_____
_____
_____

**Avec qui?** _____

**Tes impressions:** _____
_____
_____
_____
_____
_____
_____
_____
_____
_____
_____
_____
_____
_____
_____
_____
_____

**Date:** _____  **Météo:** _____

**Visites du jour:** _____
_____
_____
_____
_____

**Avec qui?** _____

**Tes impressions:** _____
_____
_____
_____
_____
_____
_____
_____
_____
_____
_____
_____
_____
_____
_____

Juliette à New York

**Date:** _____    **Météo:** _____

**Visites du jour:** _____

**Avec qui?** _____

**Tes impressions:** _____

**Date:** _____  **Météo:** _____

**Visites du jour:** _____
_____
_____
_____
_____

**Avec qui?** _____

**Tes impressions:** _____
_____
_____
_____
_____
_____
_____
_____
_____
_____
_____
_____
_____
_____
_____

Juliette à New York

**Date:** _____  **Météo:** _____

**Visites du jour:** _____
_____
_____
_____
_____

**Avec qui?** _____

**Tes impressions:** _____
_____
_____
_____
_____
_____
_____
_____
_____
_____
_____
_____
_____
_____
_____

**Date:** _____  **Météo:** _____

**Visites du jour:** _____
_____
_____
_____
_____

**Avec qui?** _____

**Tes impressions:** _____
_____
_____
_____
_____
_____
_____
_____
_____
_____
_____
_____
_____
_____
_____
_____
_____

Juliette à New York

**Date:** _____   **Météo:** _____

**Visites du jour:** _____
_____
_____
_____
_____

**Avec qui?** _____

**Tes impressions:** _____
_____
_____
_____
_____
_____
_____
_____
_____
_____
_____
_____
_____
_____
_____
_____

# RÉPONSES AU QUESTIONNAIRE

1. d) Abraham Lincoln est le seul à n'avoir jamais été maire de New York.
2. b
3. c
4. c
5. a) Professeur de natation, Robert Emmet Odlum s'est rendu célèbre en étant le premier à sauter du pont de Brooklyn.
6. b) Broadway n'est pas un arrondissement de New York.
7. a) Les Knicks de New York (basketball) partagent le Madison Square Garden avec les Rangers de New York (LNH) et quelques autres équipes.
8. a) Il s'agit du tout récent One World Trade Center (2012) avec ses 541 mètres, suivi de l'Empire State Building (443 mètres).
9. d
10. b
11. b
12. c

# LEXIQUE

11  **Joke** – Blague.
    **Hameçonner** – Attraper par la ruse.
14  **OMG!** – Oh, mon Dieu! Abréviation de *Oh, my God!*
    **Jegging** – Legging qui ressemble à un jean. Sorte de collant teint « effet denim », très moulant, sans pieds, avec une fermeture éclair et des poches dessinées pour faire croire à un jean ultra slim.
15  **Hot** – Génial.
16  **Magasiner** – Faire les magasins, faire du shopping.
18  **Party** – Fête.
19  **Niaiser** – Se moquer de, charrier.
20  **Plate** – Ennuyeux.
21  **Toffe** – Dur.
22  **Poche** – Nul, médiocre.
28  **Full cute** – « *Full* » : complètement, très ; « *cute* » : mignon ; « *full cute* » : très mignon.
29  **Prendre les nerfs** – S'énerver, perdre son sang-froid.

- 30 **Mauzusse (de)** – Fichu, foutu.
- 44 **Chicoutimi** – Arrondissement de la ville de Saguenay.
- 46 **Granola** – Se dit d'une personne qui souhaite une société plus écolo, moins basée sur la surconsommation. Souvent un peu péjoratif.
- 50 ***Chill*** – Cool.
- 56 **Être le fun** – Être cool, agréable, bien.
- 61 **Se tanner** – Se lasser.
- 62 **Bon en titi** – « En titi » : beaucoup ; « bon en titi » : très bon.
- 68 ***Out*** – Démodé.
- 75 **Allumer** – Finir par comprendre.
- 90 **Chandail** – Pull, sweat-shirt.
- 97 **Clavardage** – Ce mot provient de « clavier » et de « bavardage ». Les clavardages sont des discussions entre claviers interposés, via Internet.
- 97 **Bette** – Face, visage.
- 107 **Se payer la traite** – S'offrir des plaisirs.
- 119 **Faire le *head spin*** – Tourner sur la tête.
- 134 ***Fried chicken*** – Poulet frit.
  **Bibitte** – Bestiole, bébête.
- 138 ***Watch out*** – Faire attention.
- 178 **Poutine** – Mets typique au Québec, fait de frites, de sauce et de fromage. La poutine est devenue une sorte d'emblème dans la province.
- 179 **Ne pas avoir la touche** – Ne pas être habile.

# Juliette

## DISPONIBLE EN BD

*Quand deux ados que tout oppose se retrouvent forcées à partager la même chambre !*

# LA VIE COMPLIQUÉE DE *Léa Olivier*

**La série 2.0 préférée des ados!**